KB033610

이제 그냥 즐기려고요

이제 그냥 즐기려고요

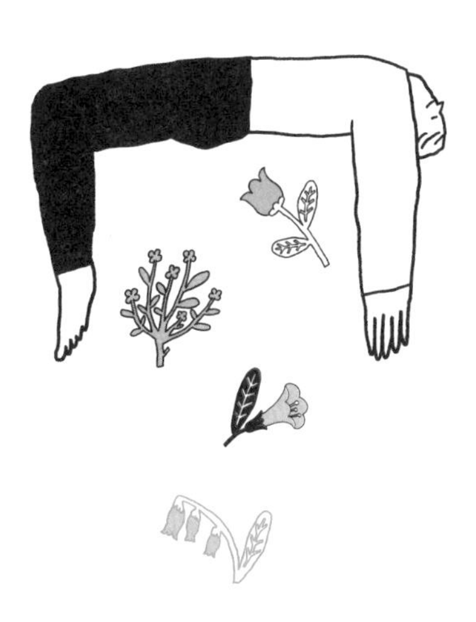

김태균 지음

몽스북
mons

더 늦기 전에 이쯤에서,

나를 들여다본 일은 잘한 일이라고 생각한다.

Contents

2

헤이, 디제이

3

인생은 생방

4

우린 제법 잘 어울려

5

자꾸 생각나

추천사

머리 무게만큼이나 묵직한 저음부터 귀엽고 따뜻한 옥희의 고음까지 자유자재로 넘나드는 대한민국 대표 디제이의 '진짜 목소리'가 담긴 책. 무엇이든 다 이해해 줄 것 같은 그에게 이런 숨겨진 이야기들이 있었다니. 이 책을 읽고 태균이 형과 훨씬 더 가까워진 기분이다. 동태전에 막걸리, 함께 해요.

— 가수 이적

『이제 그냥 즐기려고요』를 읽으며 배우이자 가장으로서, 또 한 사람으로서 큰 위안을 얻었다. 많은 사람들에게 웃음과 즐거움을 주며 살아왔지만 정작 나에게는 허락하지 않았던 시간들, 그렇게 무던하게 살아온 시간들이 얼마나 위대한지를 새삼 깨닫게 해주었다. 책을 읽는 내내 인생을 살아가면서 가장 쉬운 것 같지만 가장 어려운 일인 나를 사랑하고 받아들이는 일에 대해 생각해 보았다. 나 스스로 행복해지기 위해 세상과 주변을 어떻게 바라보아야 할지, 그 방법에 대해 생각해 보며 모처럼 따듯한 위안을 얻을 수 있었다.

— 배우 조정석

김태균의 글은 창피하지 않은 과거를 창피하게 생각했던 나를 부끄럽게 만든다. 김태균은 이제 창피한 게 창피하지 않고, 아픈 기억들이 아프지가 않나 보다.

부럽다.

『이제 그냥 즐기려고요』를 읽고 눈물이 흐르는 사람은 아마도 상처가 많은 사람일 것이다. 자기 자신을 사랑하는 방법을 모르는 사람일 것이다. 그래서 항상 자책하고 스스로를 부끄러워하면서 늘 혼자 있는 사람일 것이다.

겨울밤 자판기 커피처럼 아주 짧은 순간이지만, 아주 잠깐이라도 가슴 저 끝이 따뜻했으면 하는 사람들에게 이 책을 추천한다.

— 시인 원태연

Prologue

나에게 주는 선물

어린 시절은 물론이고 성인이 돼서까지도 난 심하게 내성적이고 낯을 많이 가리는 성격이었다. 그런데 아이러니하게도 무대 올라가는 걸 너무 즐기고 좋아했다. 기회만 되면 어떻게 해서든 남들 앞에 서려고 기를 썼다. 그런 성향임에도 어설픈 도전을 멈추지 않았던 게 지금의 나를 만들었다. 낯가리고 내성적인 성격도 이제 많이 바뀐 것 같다.

남을 웃기는 방법을 알기는커녕 웃기게 생기지도 않았다. 여러모로 개그맨을 하기에 좋은 조건은 아니었다. 그런데 눈치 하나는 빨라서, 남들의 방법을 빨리 캐치해 내 것으로 만드는 것은 곧잘 했다. 남을 웃기는 데는 타고난 소질이 없던 '후천적 노력형' 그리고 '생활 밀착형' 개그맨이다.

이 책 역시 마찬가지다. 개그맨이 썼다고 해서 웃길 것이라고 기대한다면 그 기대를 내려놓으시길. 16세짜리 아들과 아내와 살고 있는 쉰 살의 대한민국 가장, 직업이 개그맨인 한 남자의 이야기를 듣는다고 생각하면 좋겠다.

독자들은 나 자신과 솔직한 대화를 나눠본 일이 있으신지.

내 삶에 대해서 진지하게 다른 사람과 얘기를 나눠본 적은 종종 있었다. 내 인생 어느 시기에, 당시의 삶에 대해 칭찬이든 지적이든 위로든 다른 사람과 서로 얘기를 나누다 보면 상대방에게 '나'를 털어놓게 된다. 그때서야 나도 겨우 나를 본다. 그렇게라도 가끔 듣는 내 얘기였지만 그것조차 타인이 앞에 있기에 조금은 과장하고 덜어내기도 해서 솔직하지 못한 경우가 많았다. 온전히 솔직한 '나'는 아니었다.

스무 살 이후부터 20년 넘게, 나 자신을 포장이라도 해서 남에게 잘 보이고 싶었던 마음이 진짜 나를 드러내고자 했던 마음을 늘 막아서고 있었다.

몇 해 전 어머니가 돌아가시면서 내게 주고 간 큰 선물이 있다.

"태균아, 인생은 허무하도록 짧단다. 나중은 없으니까 지금이라도 네가 좋아하는 거, 네가 뭘 하면 행복한지를 찾아서 즐기면서 살아."

엄마의 귀한 선물을 받은 후 나는 남이 바라보는 나보다는 '내가 보는 나'에 집중했다. 나를 알고 싶었다. 그러려면 대화가 필요했다. 나 자신과의 발가벗겨진 솔직한 대화 말이다.

혼자 묻고 답하기를 시도해 봤지만 번번이 미친 놈 같아서 포기하고 다른 방법을 찾은 것이 글쓰기다. 글쓰기의 효과는 생각보다 놀라웠다.

처음 글을 쓰기 시작할 때는 신기하게도 처음 만난 사람을 대하듯 글도 수줍게 낯을 가렸다.

어린 시절의 나를 만나러 갈 때는 그 시절의 나를 위로하고 따뜻하게 어루만져주기도 했다.

열정적이었지만 아슬아슬하게 살던 시절의 나를 만나면 냉정하게 나무라기도 했다.

글 쓰는 내내 웃고 울었고 나 자신에게 욕을 해주기도 했다.

살면서 느껴보지 못한 새로운 경험이었다. 키보드를 두드리다가 혼자 큰 소리로 웃기도 하고 아무도 없는 방에서 창피해서 얼굴이 붉어지기도 하고, 화가 나서 테이블을 내려치기도 했다. 어느 날은 너무 눈물이 나서 소주를 들이켰다.

그런 날들이 계속되는 동안 이상하게도 누군가 내 등을 쓰다듬으며 위로해 주는 느낌을 받았다. 지금의 내가 그 시절의 나를 위로하는 거였다.

'그랬구나, 많이 힘들었구나. 태균아, 지금 잘하고 있어.'

글을 쓰면서 어설프고 서툴고 나약한 나를 발견했고, 그런 나를 인정하고 받아들이게 되었다. 50년을 살았지만 많이 늦은 것 같지는 않다. 더 늦기 전에 이쯤에서, 나를 들여다본 일은 잘한 일이라고 생각한다.

시작부터 독자들에겐 좀 미안한 말이지만

이 책은 쉰 살 나에게 선물하기 위해 썼다.

2021년 10월

김태균

1

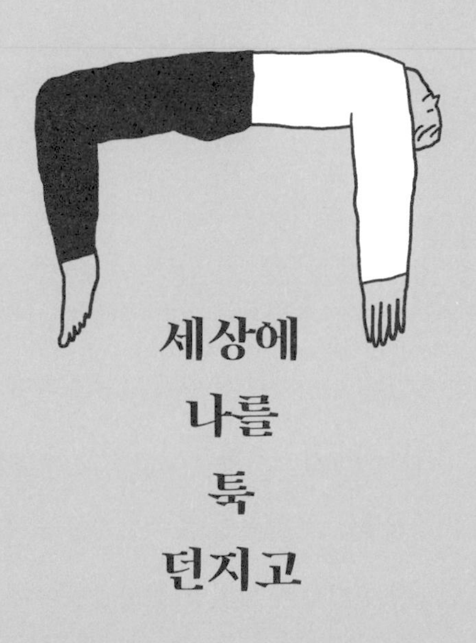

세상에
나를
툭
던지고

이렇게 좋은 걸, 이토록 맘이 가벼운 걸,
뭐 얼마나 잘 살아보려고 그렇게 악착같이 주먹 꽉 쥐고
이 악물고 살았는지 모르겠다.

여관 탈출

고등학생 때 일이다.

수업을 마치고 집에 왔는데 연립 주택 마당에 익숙한 가구들이 나와 있었다. 아침까지 집 안에 있던 소파며 장롱들이 쫓겨난 듯이 나와 마당을 차지하고 있던 것. 가구들은 저마다 이마에 빨간 딱지 하나씩을 붙인 채 무언가를 고자질하고 싶어 하는 듯 억울한 표정을 짓고 있었다. 집에 들어가 보니 어머니는 여기저기 분주하게 전화를 돌리며 가구와 물건들을 당분간 맡아 달라는 부탁을 하고 계셨다.

어머니가 집을 담보로 함께 일하던 동료의 보증을 서주셨는데 그 사람이 사기를 쳤는지 망했는지는 몰라도 우리는 하루아침에 집 없는 신세가 됐다. 남편 없이 악착같이 살아온 어머니가 열심히 벌어서 겨우 장만한 연립 주택을 날리는 순간이었다. 어려운 상황에서도 어머니는 자식들 앞에서 언제나 당차고 멋지고 아름다운 커리어 우먼이었는데 그날 이후 부쩍 자식들 눈치를 많이 보고 몸에 기운도 없어 보이셔서 그런지 동네의 그저 평범한 아줌마로 느껴졌다.

그날로 우리 가족은 1년 가까이 여관 생활을 하게 되었다. 여관방 하나에서 다섯 식구가 지낼 수 없었기 때문에 큰누나는 지인 집에서 지내기로 했다. 형과 나는 바닥에서, 작은누나와 엄마는 침대에서 빠듯하게 잠을 잤고, 엄마는 새벽마다 여관 뒷마당에 나가 석유곤로에 불을 붙이고 음식을 해서 내 도시락을 싸주셨다. 그 시절 나는 여관 문을 열고 나가 학교에 가고 여관으로 돌아오는 게 쪽팔리고 싫어서 길에 사람들 없을 때 새벽같이 나가고 밤에는 늦게까지 돌아다니다가 들어가곤 했다. 확 가출이라도 해서 그 여관을 탈출해 버리고 싶다는 생각도 해봤지만 딱히 갈 곳이 없었다. 아마도 그때 '돈을 악착같이 벌어서 성공해야겠다'라는 맘을 처음 먹은 것 같다.

1년 뒤, 어머니는 보험 일을 하고 큰누나가 과외를 한 돈을 보태서 조그마한 집을 얻었다. 이삿짐 차를 부를 형편이 안 돼서 리어카를 한 대 빌려 짐을 날랐다. 내가 리어카를 끌고 어머니가 뒤에서 밀며 꽤 먼 거리를 몇 번 왔다 갔다 했던 기억이 생생하다. 혹시 지나가다 아는 사람이라도 만날까 봐 고개를 최대한 푸욱 숙이고 걷고 또 걸었다. 그때 뒤에서 어머니가 나지막이 말했다. "태균아, 엄마가 미안하다." 그 말에 갑자기 울컥했다. 엄마가 일부러 그런 것도 아니고 잘해 보려고, 잘살아 보려고 그런 건데, 엄마를 이용한 그놈이 나쁜 놈이지, 젠장!

"됐어, 엄마가 왜 미안해! 살면서 그럴 수도 있지. 내가 있잖아 엄마, 걱정하지 마!"

그 사달이 나기 얼마 전, 안방에서 하룻밤 자고 갔던 무슨 사장이란 아저씨가 있었는데 아무래도 어머니는 그분과 잘해서 재혼까지 생각한 게 아닐까 싶다. 그런데 그 자식이 어머니 맘에 상처를 입힌 듯했다. 물론 내 심증이고 추측일 뿐이어서 다시 물어 어머니에게 상처를 드리고 싶지 않아 꾹 참고 리어카를 끌었다. 그 이후 그 일은 어머니 돌아가실 때까지 나도 묻지 않았고 어머니도 말씀하시지 않았다.

리어카를 끌고 가는 길. 오른쪽 도로에서 차들이 달리며 울려대는 경적 소리가 '어차피 지난 일 다 잊고 앞만 보고 달려'라고 말하는 듯했다. 고개를 숙여서 볼 수는 없었지만 향기로 봐서 왼쪽에 있던 나무들은 아카시아가 분명했다. 아카시아 꽃향기가 진하게 코를 자극했던 걸 보면 여관을 벗어나던 날은 여름이었다.

어머니와 고등어구이

어릴 때부터 동네에 생선 장사가 지나가면 어머니는 어김없이 고등어를 사서 맛나게 구워 밥상에 올려주셨다. 바삭하게 구워진 고등어는 몸통도 맛있지만 꼬리 부분이 진짜 말도 안 되게 맛있었다. 밥 위에 그 꼬리 부분을 딱 올려서 신김치랑 한 입에 넣고 우걱우걱 씹으면 천국이 따로 없었다. 그런데 그때마다 엄마는 늘 대가리를 드셨다. 살도 거의 없는 대가리가 뭐가 맛있다고 뼈를 입속에 넣고 발라가면서 드셨는데, 신기한 건 대가리가 엄마 입속으로 들어가면 깨끗한 가시와 뼈가 돼서 나온다는 것! 어머니에게 그게 맛있느냐고 물어보면 "그럼 생선은 대가리가 제일 맛있는 거야. 태균아~"라고 말씀하시곤 했다.

성인이 된 뒤 밖에서 고등어구이가 나왔기에 갑자기 엄마 생각이 나서 대가리를 먹어봤는데, 진짜 살도 별로 없고 식감이 이상한 것들이 혀에 닿는 순간 인상이 찌푸려졌다. 역시 고등어구이는 꼬리 부분이 짱이었다.

2012년, 어머니가 갑자기 급성 혈액암을 진단받아 당장 항암 치료를 서두르지 않으면 위급해지는 긴박한 상황이 발생했다. 갑자기 벌어져버린 상황에 가족 모두 어찌할 바를 몰라서 당황했지만 슬퍼만 하고는 있을 수 없는 일이었다. 이 상황을 어머니께 솔직히 말씀드리고 당장 치료에 들어가야 했다.

다행히 어머니는 바로 치료를 시작했고 조금씩 기력을 회복하셨다. 그리고 몇 달 뒤부터 어머니가 퇴원하면 모시고 가려고 장만한 경기 대성리 집으로 가서 주말마다 함께 지내곤 했다. 그곳은 공기도 좋아서 어머니는 아들과 함께 산책하는 걸 특히 좋아하셨다. 어머니와 산책을 하고 집에 들어오면 어김없이 아내의 맛있는 식탁이 차려져 있었다.

하루는 식탁에 고등어구이가 올라왔다. 아주 먹음직스럽게 잘 구워진 고등어의 살을 발라서 어머니 밥 위에 올려 드렸다.

"됐다. 너나 먹어라."

말은 그렇게 했지만 어머니는 고등어구이를 밥이랑 맛있게 드셨다. 잘 드시는 모습에 뿌듯했다. 그래서 이번엔 내가 좋아하는 꼬리 쪽 살을 발라서 밥 위에 올려 드렸다.

"왜 자꾸 주냐? 너나 먹어."

그래도 어머니께 바로바로 살을 발라서 계속 올려 드렸더니 갑자기 언성을 높이셨다.

"아니! 왜 자꾸 주냐고. 내가 손이 없냐? 발이 없냐? 그리고 난 대가리를 좋아한다. 너도 알잖아. 네가 자꾸 올려주니까 대가리 먹을 틈이 없잖아. 이제 주지 마! 너나 먹으라고."

"에? 아니 나는 챙겨 드린 거지."

"알았어. 네 맘 알았으니까 놔두라고 내가 먹게."

"네."

아내가 옆에서 킥킥대고 있었다.

"어머니 혼자 잘 드시는데 왜 그래? 내가 한소리 들을 줄 알았어."

"그러니까 재가 안 하던 짓을 한다."

맞다. 안 하던 짓. 난 내가 좋아하는 꼬리 살을 먹으면 되는 것이고, 어머니는 대가리를 드시면 되는 일이었다. 그날 이후 어머니 밥 위에 어떠한 반찬도 올려 드리지 않았다. 어머니가 아프셔도 먹고 싶은 건 따로 있는 법.

내 기억이 맞다면 그날이 어머니와 고등어구이를 마지막으로 먹은 날이다.

간절히 바라면 이루어지는가

어머니 혼자서 4남매를 다 먹이고 입히고 교육시킨 일은 지금 아들 하나를 키우는 아빠로서 볼 때 정말 말도 안 되는 일이다. 하루하루가 얼마나 힘들고 전쟁 같았을까? 혼자 많이 울기도 했을 텐데 내 앞에서는 웬만해서 눈물을 보이지 않으셨다. 오히려 그렇게 고생하면서도 남들처럼 못 해줘서 늘 미안해하셨다.

중학생 때, 학교 공부만으로 부족한 듯해서 단과 학원을 가고 싶다고 말한 적이 있는데, 안 된다고는 못 하시고 곤란해하던 어머니 모습이 기억난다. 그 후론 학원 이야기는 꺼내지 않았다. 형편을 뻔히 알면서 얘기해 놓고도 몇 번을 후회했는지 모른다. 큰누나가 경희대를 수석으로 들어갈 정도로 공부를 잘했기 때문에 누나에게 배우는 게 어떠냐는 어머니의 권유에 몇 번 누나랑 공부를 해봤는데 '이건 남매끼리 할 짓이 아니야' 이런 생각이 들어서 그만두었다.

집에서 혼자 공부를 하다 보니 적막한 게 싫었는데 언제부턴가 밤마다 라디오는 내 친구가 되어주었다. 큰누나의 '마이마이'(당시 엄청 핫했던 휴대용 카세트 플레이어. 요즘 표현으로 '인싸템'이었다)를 빌려서 라디오를 들었는데, 누나가 쓰는 날은 라디오를 못 듣는 날이었다. 라디오의 매력은 매일매일 들어줘야 하는 건데 하루라도 안 들으면 '뭐 싸고 안 닦은' 느낌이 들어 나만의 라디오를 장만하는 게 당시 내 최고의 목표였다.

엄마한테 이야기하지 않고 온전히 내 힘으로 라디오를 장만할 수 있는 방법을 찾아야 했다. 그래서 식구들 몰래 신문을 돌렸는데 문제는 너무 힘들었다는 것. 정해진 시간 안에 신문을 돌리려면 계속 뛰어다녀야 했기 때문에 배달을 마치고 집에 돌아오면 밥 먹고 바로 쓰러져 자는 어이없는 상황이 자주 벌어졌다. 한 달을 하고 그만뒀는데 그동안 모은 돈으로 내가 원하는 오디오를 사기에는 터무니없이 부족했다. 그때 살짝 우울해져서 말수도 적어지고 표정도 그늘져 있었는데, 누가 보면 사춘기의 정점에 든 아이라고 생각했을 것이다. 나는 순전히 라디오 때문이었는데…….

하루는 식구들과 저녁밥을 먹으며 텔레비전을 보고 있었다. 허참 아저씨가 진행하시는 <가족오락관>을 시청하다가 오디오를 장만할 수 있는 방법을 드디어 찾아냈다. 시청자들이 퀴즈를 직접 보내는 코너가 있었는데, 당첨되면 오디오 세트를 준다는 것이다. 이건 분명 하늘이 내게 준 기회였다. 내가 원하는 방향에서 사물을 보고 그대로 그려서 보내면 그게 뭔지 맞히는 방식. 고민 끝에 칫솔을 지면에서 직각으로 세워 위에서 내려다보는 그림을 그려서 보냈다(내가 그림을 곧잘 그린다^^).

결과를 기다리는 동안은 공부고 뭐고 학교 갔다가 집에 오면 계속 전화기만 바라보고 있었다. 가족들한테 얘기하지 않고 보낸 거라 티도 못 내고. 매주 <가족오락관>을 챙겨 보고 있었는데 한 달 정도 지난 후 방송 중에 갑자기 내 이름이 들려왔다. '설마' 하면서 다시 텔레비전을 봤는데 허참 아저씨가

"성북구 상월곡동에서 김태균 학생이 보낸 문젭니다" 그러면서 문제가 딱 나왔는데, 진짜 내가 보낸 문제였다.

"야~~~~~~~~~~~!!!"

드디어 그토록 바라던 나만의 라디오가 생긴 그 순간!! 내가 인생에서 처음 경험한 '간절히 바라던 꿈이 이루어진 순간'이었다. 이 일로 내가 선물로 받은 건 하얀색에 카세트테이프 데크는 두 개이고 라디오는 물론이고 양쪽에 스피커 두 개가 커다랗게 달린 일체형 오디오 세트였다. 그 친구가 집에 처음 오던 날은 진짜…… 뭐라고 할까? 그 감동과 기쁨을 지금으로 표현하자면 로또 1등에 당첨된 기분? 이게 제일 적당한 표현일 듯싶다.

그날 이후로 매일 밤 나와 라디오의 열렬한 사랑이 시작되었다. 공부를 하기 위해 라디오를 듣는 게 아니라 라디오를 듣기 위한 핑계로 공부를 했다. 특히 밤 10시에 95.9MHZ MBC 라디오에서 방송되는 <별이 빛나는 밤에>는 정말 둘도 없는 친구였다. 밤 10시. <별밤> 로고송이 울리고 별밤지기 이문세 형님이 낮고 푸근한 목소리로 "별이~ 빛나는~~ 밤에~" 타이

틀을 외치는 순간은 뭔가 나만의 비밀 공간으로 쏘옥 빨려 들어가는 느낌이었다. 방송하는 2시간은 (엄마한테 죄송하지만) 공부는 전혀 안 하고 라디오 듣기에만 전념했다. 방송이 끝나고 나서 '별밤 듣기 평가'를 했다면 무조건 매일 만점을 받았을 정도로 귀가 라디오와 하나가 되어 방송 전체를 온몸으로 흡수했다.

어디에서 듣고 있는지 알 수 없는 불특정 다수의 청취자와도 친구가 되고, 어떤 환경과 어떤 사연을 가지고 있는지도 알 수 없는 외로운 사람들에게 늘 위로가 되어주는 친구. 그래서 라디오 디제이는 그 누구보다 따듯해 보였고, 그 어떤 사람보다 멋있었다. 그렇게, 앞으로의 인생이 어떻게 펼쳐질지 모르던 머리 큰 고등학생의 꿈은 라디오 디제이가 되었다.

간절히 바라면 이루어지는 것일까. 조금 돌아오긴 했지만 나는 결국 그 꿈을 이루었다. 처음 개그맨이 되었을 때에도 막연히 꿈만 같았던 일, 라디오 디제이. 오랜 세월 동안 간절한 꿈을 마음 한쪽에 품어두고 기다린 덕분이 아닐까 싶기도 하다.

지금 당신, 무언가를 꿈꾸고 있다면 그 꿈을 계속 붙잡고 있기를. 간절히 바라면 당신의 그 꿈도 언젠가는 이루어질 테니까.

꿈은 현실과 다르다

여섯 살 때 아버지가 돌아가셨기 때문에 난 아버지께 술을 배울 수 없었다. 그래서일까. 드라마나 영화 혹은 가끔 선술집에서 아버지와 아들로 보이는 남자 둘이서 마주 앉아 있는 걸 보면 그렇게 부러울 수 없었다. 그 둘 사이가 어색하든 민망하든 그냥 그 자체가 부러웠다.

대학생 때 동기들이랑 술을 마시다가 2차로 남대문시장 앞의 포장마차에 간 적이 있는데, 한 아저씨가 한숨을 쉬며 소주잔을 기울이고 계셨다. 친구들이랑 있다가 혼술을 하시는 아저씨랑 한잔하고 싶어져서 나도 모르게 옆에 앉았다.

"안녕하세요, 아저씨. 혼자 오셨나 봐요? 전 서울예대에 다니는 대학생입니다."

"오! 그런데 왜?"

"혼자서 적적해 보이셔서요. 말동무라도 해드릴까 하고요."

그때 왜 그런 용기가 났는지 모르겠지만 지금도 제법 구체적으로 상황이 기억난다. 아버지에 대한 그리움 때문인지는 몰라도 한참 동안 그 아저씨랑 얘기를 나누며 술잔을 기울였다.

"내게도 자네 정도 되는 아들이 있어. 우리 아들과는 이렇게 술 한잔할 기회가 없어. 아들은 술을 전혀 못 하거든. 아들이 자라면 같이 한잔하는 게 꿈이었는데……. 여하튼 반갑네."

"저는 아버지가 일찍 돌아가셔서 아저씨 같은 분들 보면 아버지 같아서 저도 모르게 맘이 가더라고요. 제가 한잔 드려도 될까요?"

그렇게 시작된 얘기는 한참을 이어졌고, 1시간 정도 지난 후에야 친구들이 있는 자리에 다시 갈 수 있었다. 함께 술잔을 나누던 아버지 같은 아저씨는 우리 자리의 술값까지 계산해 주시고 유유히 사라졌다. 돈이 궁했던 그 시절, 나는 친구들에게 영웅이 되었고 아버지에 대한 갈증도 잠시나마 해소한 기분이었다.

아내와 결혼을 결심하고 집에 인사를 드리러 가는 날이 잡히니 긴장도 많이 됐지만 설레는 맘도 못지않았다. 분명히 장인어른은 딸과 결혼하려는 놈이 어떤 놈인가 보려고 술 한잔 하자고 하시겠지. 내 아버지와 경험할 수 없었던 술자리에 대한 꿈을 장인어른과 함께한다는 기대와 결혼 허락을 흔쾌히 얻을 수 있을까 하는 긴장감이 뒤엉키고 있었다.

드디어 결전의 날. 장모님은 상다리가 휘어지게 음식을 내오셨고, 모두 밥상 앞에 둘러앉아 식사를 시작했다. 그런데 어디에도 술로 추정되는 병은 보이지 않았다. 식사는 말 그대로 식사로 막을 내렸다. 알고 보니 장인어른은 술을 한 방울도 못 드시는 분이었다. 음~ 하하하하하하하하! 아내도 술을 못 하고 아내의 오빠인 처남도 술을 못 했다. 장모님마저도…….

결혼 후 명절에 처갓집을 가면 난 늘 아쉬움을 삼키며 혼술을 하다 잠에 든다. 아들이 빨리 자라길 기다려야겠다.

자전거 도둑

우리 집 형편으로는 살 수 없는 비싼 자전거를 갖고 싶어 한 적이 있다. 괜히 말을 꺼냈다가 사주지 못하는 엄마 마음이 아플까 봐 아예 입 밖에도 내지 않았다. 하필이면 같은 동네에 바로 그 자전거를 타고 다니는 사람이 있었다. 내 눈앞을 그 자전거가 지날 때마다 시선은 자전거를 맹렬하게 쫓고 있었다. 그러다가 그 자전거 주인이 사는 집을 알게 되었다. 바로 우리 집 근처였다. 그 순간부터 자전거를 갖고 싶은 욕망과 도덕성과의 치열한 싸움이 시작됐다.

내 안의 도덕성은 결국 오래 버티지 못하고 난 자전거 도둑이 되었다. 어떻게 그 욕망을 행동으로 옮겼는지 지금 생각해봐도 아찔하다. 가족들에게는 친구가 해외로 이민 가면서 주고 갔다고 거짓말을 해버렸다. 비겁하게 이 사실을 지금까지 아무한테도 말하지 못했다.

어머니가 순간의 탐욕을 자제하지 못하고 자전거 도둑이 된 아들 얘기를 들으면 얼마나 실망하시고 가슴 아파했을까? 그래서 돌아가시기 전까지 비겁하게 털어놓지 못했다. 바보 같은 건 훔친 그 자전거를 타고 나갔다가 걸릴까 봐 야밤에 한 번 타고는 죄책감으로 가슴 졸이며 지내다가 결국 다시 제자리에 갖다 놓았다는 것이다.

이게 도대체 뭐하는 짓인가?

다시 주인에게 돌려줬으니 도둑질했던 마음이 편안해질 줄 알았는데 나 자신에게 쪽팔린 감정은 여전했다. 지금 이 글을 쓰면서도 얼굴이 후끈 달아오른다. 언제까지인지는 정확히 모르겠지만 이때부터 이런 식의 솔직하지 못한 거짓말로 불어댄 거품 같은 인생을 살았다.

물론 갖고 싶으면 무언가를 훔쳤다가 다시 돌려주며 살았다는 건 아니다.

나만 모르면 소외될 것 같은 조바심에 분명히 모르는데 안

다고 어설프게 목청을 높이거나 아무도 관심 없는데 사실을 조금 더 있어 보이게 불려서 꾸며대기를 자주 했다. 차라리 뻔뻔하기나 하던가. 그러기는커녕 순간순간 스스로에게 부끄러운 감정이 나를 계속 쑤셔대기만 했다. 솔직하게 사는 게 얼마나 맘 편한 것인가를 그때는 왜 몰랐을까?

발가벗겨지더라도 있는 그대로의 나를 보여주고, 모르는 건 모른다고 말하는 게 그때는 왜 그렇게 자존심 상한다고 생각했을까? 내가 가지지 못한 것과 경험하지 못한 것에 대한 자격지심이 자존심이라는 탈을 쓰고 언제 터질지 모르는 아슬아슬한 거품들을 왜 그리도 불어댔을까?

군 입대 후 일이다. 보충대에서 각 부대 선임병들이 와서 병과별로 특기생들을 뽑아 가는 날이었다. 군 예술단에서 단 한 명을 뽑는데 일단 지원서에 경력 사항을 적어야 했다. 여기서도 거품을 불었다. 하지도 않았던 여러 작품을 어디서 들은 건 있어서 마구 적어 냈다. 운 좋게도 그 한 명에 내가 뽑히긴 해서 예술단에 들어갔는데, 뽑은 선임이 바로 지원서에 적은 경력 사항을 확인했다. 바로 들통이 나서 머리 박고 엎드려뻗치고 군 생활이 꼬일 뻔했다. 나중에 그 선임한테 들어보니 연기 오디션만으로도 내가 제일 잘해서 어차피 뽑으려고 했는데 있지도 않은 경력을 써서 오히려 고민했다고 했다. 그냥 있는 그대로의 나를 보여주면 되는 것을, 어차피 내 것이 될 수도 없는 남의 경력을 또 자전거처럼 훔치려 했던 것이다.

누군가가 나를 지적하면 그게 그렇게 싫었다. 부족한 걸 들키는 것 같은 기분이 들었다. 쓸데없는 자존심으로 단단하게 꽉 차서 남의 지적을 받아들일 여유가 없었다. 그렇다고 나를, 내 자신을 너무 아끼고 사랑해서 그런 게 아니었다. 그냥, 그냥, 그냥, 하~ 그……냥 그랬다.

누가 찔러도 들어가지 않도록 몸과 마음에 있는 대로 힘을 주고 살았다.

남이 볼 때 얼마나 우스꽝스러웠을까?

그렇다고 누가 뭐라고 하면 바로 들이받지도 못하고 기분만 더러워져서 아파트 지하 주차장 벽을 치고 또 치고 피 나고 찢어지고 또 치고……. 그러던 시절이 있었다.

그때는 사람들한테 이런 얘기를 자주 들었다.

"눈에 왜 그렇게 살기가 있어요?"

"웃을 땐 모르겠는데 가만히 있을 때는 무서워요."

왜 그렇게 빳빳하게 날이 서 있었을까? 누가 나를 일부러 음해하려고 그러는 것도 아닌데, 아무도 나한테 관심 없는데 왜 혼자 지랄했을까?

어느 날 아파트 지하 주차장 벽을 있는 대로 쳐대며 분을 삭이고 집에 들어갔는데, 아내가 아무 말 없이 조용히 나를 안아주었다. 자전거 도둑의 거품이 빠지기 시작한 게 아마도 이 때부터인 듯싶다.

착해 빠졌다

어릴 적부터 '착하다'라는 말을 많이 듣고 살았다. 듣기 별로 나쁘지 않았기에 그냥 웃고 넘기는 정도였고 크게 의미를 두지 않았다. 그런데 성인이 되고부터 '착하다'라는 말이 '매력이 없다'라는 의미로 받아들여지기 시작했다.

뭐라고 할까? 존재감이 없다고나 할까? 누군가 "재는 어떠니?" 물어보면 "어~ 재? 착하지." 이런 느낌?! 별다른 특징이나 캐릭터 없이, 엄청 잘생기지도 않았고 그렇다고 하고 다니는 게 남다르지도 않고, 막 웃기게 생기지도 않았고. 내가 봐도 딱 묻히기 좋은 밋밋한 캐릭터, 그냥 남들보다 머리가 좀 큰 아이. 그게 나였다.

난 내가 착하다고 생각해 본 적이 한 번도 없다. 그런데 왜 나를 보고 착하다고 하는 걸까? 어쩔 땐 내가 봐도 냉정하게 사람들을 끊어 낼 때도 있었고, 이기적인 면도 꽤 있는 것 같고, 주위 사람에게 '넌 왜 그렇게 정이 없니?'라는 지적을 받을 때도 있었다. 그런데 도대체 왜 사람들은 내가 착하다는 것을 간헐적으로 각인시켜주는 건지 모르겠다. 사실 내가 착한 건지 아닌지도 잘 모르겠다. 살면서 '착함'이라는 단어가 나를 떠나지 않아서 마치 몸의 일부분인 듯했을 뿐.

아내와의 연애 시절
"넌 내가 왜 좋아?" 물어보면
"오빠는 착해서 좋아."

살아생전 나의 어머니도 방송국 인터뷰에서
"아드님 자랑 좀 해주세요" 하면
"네, 우리 아들은 효자예요. 정말 착해요."

오래전에 어떤 잡지사에서 화제의 인물로 인터뷰할 때
"왜? 저를 인터뷰하세요? 화제가 될 만한 인물들이 얼마나 많은데."

"태균 씨는 특유의 선함이 매력적이어서 제가 기획 취재를 제안했죠."

너무 고맙지만 적당히 칭찬할 말이 없을 때 하는 최고의 표현이지 싶어서 참 부담스러운, 어쩌면 구체적이지 않아서 조금 서운하기도 한 표현. 받는 입장에서는 나한테 그렇게 할 말이 없나 싶을 정도의 생각이 들기도 하는 표현이었다. 그래서 일까. 착하다는 말이 내 욕심을 버리고 보면 '세상 고맙고 사랑스러운 표현'이라고 느끼기까지는 꽤 오랜 시간이 걸렸다.

방송 녹화가 끝난 뒤 회식 자리에서 이런저런 이야기가 오가다가 내 얘기가 흘러나왔다. 방송할 때 적당히 할 말은 시원하게 해줘야 하는데 내가 에둘러서 한다는 식의 얘기, 조금 더 시원하게 해줬으면 좋았을 텐데 하는 얘기들이었다. 사실 다 맞는 말이다. MC로서 당연히 그랬어야 하는 걸 못 해서 나 스스로도 후회를 많이 하고 있었다. 인정하고 다음에 잘해야지 하고 생각하고 있을 때 어디선가 날아온 한마디.

"재, 착해 빠져서 그래!"

착해 빠져서, 착해 빠져서.

……

'야! 이제는 하다하다 착하다 못해 착해 빠졌다는 얘기를 듣는구나.'

그 뒤로 한동안 '착함'이라는 족쇄가 나를 불편하게 했다.

시간이 흐르고 생각해 보니 나를 아끼고 좋아해 주는 사람들 대부분은 내가 착해서 좋다고 했다. 특별히, 그 누구의 말보다 아내의 얘기에서 착함의 의미를 알아낼 수 있다. 남자가 착하다는 이유로 자신의 남은 인생을 함께하기로 한 아내의 결정은 큰 의미가 있다

'착하다'라는 말에 다른 안 좋은 의도가 있다고 한들 그게 어떤 뜻인지 궁금하지 않다.

그저 아내가 나를 그렇게 생각하고 있다는 사실이 고맙다. 그 사실을 깨달은 이후로 난 '착하다'라는 말로 인해 어떠한 스트레스도 받지 않는다. 오히려 나도 모르게 갖게 된 착한 면모가 누군가에겐 매력으로 느껴질 수 있다니 얼마나 감사한 일인가?

요즘 누군가 나에게 착하다고 하면 웃으면서 "감사합니

다!" 하고, 속으로는 '또 한 분이 내 매력에 빠지셨네요. 후후'
하며 우쭐한다.

'착해 빠졌다'란 말 좀 들으면 어때.

'못돼 처먹었다'란 말보다 낫지.

아무 일도 없는 날

가족들에게 아무 소식도 없는 날

아내랑 아무 일 없는 날

아들이랑 아무 일 없는 날

주변에 누가 아프다는 소식 없는 날

딱히 기쁜 일도 슬픈 일도 없고

감정적으로 신경 쓸 일 없는 그런 날

피곤하지도 지루하지도 그렇다고 의욕적이지도 않은 날

날씨가 어떻든 상관없는 날

'이렇게 평범해도 괜찮나' 싶을 정도로 아무렇지도 않은 날

나만 그런가? 난 이런 날, 일이 너무 즐겁다.

라디오 방송을 할 때 진행이 매끄럽고 전체적으로 분위기

에 웃음기가 배어 있으면 그런 날일 확률이 90% 이상이다.

잘하고 싶어서 힘이 들어가지 않고 그냥 편안하게 툭툭 던져도 빵빵 터지는 그런 날.

과연 16년 동안 라디오 진행하면서 이런 날이 얼마나 있었을까?

아니, 50년 인생 중 이런 날이 며칠이나 있었을까?

쉰을 넘어서 이제야, 이런 날이 슬슬 늘어가는 듯하다.

이제 그냥 즐기려고요

남들이 잘한다고 인정하고 좋아해 주는 내 모습은 솔직한 나의 모습이 아닐 수도 있다. 아니 솔직히 그런 모습이 아니었다. 지금까지 뭔가를 잘한다고 생각하며 살아본 적이 단 한 번도 없었다. 뭐 하나를 남들보다 특출나게 잘하는 게 하나 없다는 강박은 늘 머릿속인지 마음속인지 알 수 없는 곳에서 불규칙적이지만 지속적으로 짜증 나게 말을 걸어 왔다.

"넌 남 웃기는 재주 없잖아? 개그맨을 한다고?"

"네가 공연을 한다고? 그것도 돈을 받고?"

"방송 진행? 라디오 디제이? 네가?"

강박은 남이 모르는 나만의 콤플렉스에서 오는 두려움이라고 생각한다. 그런 두려움을 부정하고, 있지도 않은 능력을 가졌다고 자기 최면을 걸고 살 때가 있었다. 겉으로 보기엔 단단해 보이지만 툭 치면 부러져버리는 바보 같은 자존심이라는 망토를 뒤집어쓰고 살았다. 그때는 다행히 남한테 내 두려움을 들키지 않고 순간을 잘 넘어가게 되더라도 내가 온전히 즐기지 못했다. 왜? 솔직한 내가 아니었기 때문이었다. 없어도 있는 척, 몰라도 아는 척, 싫어도 좋은 척, 척척척척……. '척키 인형'이었지 내가 아니었다.

그런데 언젠가부터 그 강박을, 콤플렉스에서 오는 그 두려움을 인정하기 시작했다. 서툴고 어설픈 나를 안아주기 시작한 것이다.

"그래, 어설프지만 최선을 다해 보는 거지 뭐!"

"내가 좋아서 즐기면 되는 거잖아!"

물론 글을 쓰고 있는 이 순간에도 강박은 말을 걸어 온다.

"잘 쓰지도 못하는 놈이 왜 글을 쓰고 있어?"

"누가 본다고, 작가 흉내 내고 있는 게 참 어이가 없구먼."

쿨하게 인정해 버리고 어설프지만 좋아하는 글 쓰는 재미에 푹 빠져서 읽는 사람들에 대한 생각보다는 오로지 내가 쓰고 싶은 얘기들을 머릿속에서 닥치는 대로 꺼내 게임하듯 신나게 키보드를 두드려댄다. 그러면 내가 나를 안아주고 있는 느낌이 든다. 비록 작품성까지는 기대하지 않더라도 적어도 나 자신은 만족스러운 행복한 작품이 탄생한다.

한동안 썼던 글을 보내고 나니 출판사 대표가 이메일로 의견을 보내 왔다.

'전체적으로 글이 재미있고 읽는 맛이 있어서 좋습니다. 특히 김태균 씨 특유의 발랄한 이미지와 맞는 에피소드가 많아서 에디터도 반응이 좋습니다. 가족들의 얘기도 묵직한 감동이 있어서 좋습니다. 그런데 한 가지 아쉬운 점이 있습니다. 전체적으로 김태균 씨의 생각이 좀 적은 것 같습니다. 예를 들면 콤플렉스나 트라우마 같은 것들을 솔직하게 털어놓아도 좋고요. 내가 나를 생각하고 돌아보는 글이 있으면 좋을 듯합니다.'

메일을 읽고 어떤 글을 써야 할지 감이 오질 않아서 대표에게 전화를 했다.

"대표님, 어떤 글을 써야 할지 모르겠어요."

"살면서 내 감정이 힘들고 슬펐던 순간의 디테일한 표현을 쓰셔도 좋고요. 좀 깊게 내 감정 속으로 파고들어 가는 글을 솔직하게 써 내려가보는 거죠."

"심각한 글을 써보라는 거죠?"

"예, 그런 글도 있으면 좋을 것 같고요. 혹시 도움이 될 수도 있어서 책 하나 추천해 드릴게요. 『뼛속까지 내려가서 써라』. 글 쓰는 방법에 대한 책인데 제목에서 느껴지지 않으세요? 그 정도까지 파고들어야 한다는 거죠."

"아~ 전 내 감정이 아프고 힘든 일들은 빨리 잊어버리고 생각하지 않고 살려고 노력하는 편인데……. 할 수 있을까 모르겠네요. 해볼게요."

그 뒤로 한동안 글쓰기를 쉬었다. 아니 쓰려고 해도 아무것도 떠오르지 않았다. 추천해 준 책도 읽어봤지만 내 안 깊숙이 잠들어 있는 그런 감정들을 깨워내기란 쉬운 일이 아니었다. 겨우겨우 몇 개의 글을 써서 보냈더니 대표한테서 톡이 왔다.

'뼛속까지 내려가고 계신 게 느껴집니다.'

칭찬인지 뭔지 모르지만 그냥 답을 하기 싫었다. 그 어두운 감정들을 깨워내는 게 요즘 내가 나의 감정들과 행복하게 잘 지내고 있던 상황과 달라, 너무 힘들어서 지쳐 있었기 때문이다.

며칠 뒤 대표에게서 전화가 왔다.

"최근에 글 쓰시느라 힘들었죠? 그러신 거 같아서 전화 드렸어요. 괜히 제가 힘들게 한 거 아닌가 해서요"

"아니에요. 쉽지는 않았어요."

"가만히 생각해 보니 김태균 씨 글은 그런 심각한 글보다는 우리가 공감하고 즐길 수 있는 글인 것 같아서요. 그래서 책 제목이 하나 떠올라서 겸사겸사 전화했어요."

"뭔데요?"

"이제 그냥 즐기려고요. 어때요? 김태균 씨 인스타그램에서 본 글인데 찾아보다가 확 꽂히더라고요. 그동안 쓰신 글들이랑 콘셉트도 잘 맞고요."

"좋은데요. 이제 그냥 즐기려고요. 그럼 저 힘든 글 안 쓰고 이제 좀 즐겨도 되죠?"

"ㅎㅎㅎㅎㅎ 네! 그동안 많이 힘드셨나 보네요. 죄송해요."

안 그래도 전화해서 그만 쓰겠다고 하려 했는데…… 다행이었다.

글을 쓰며 다양한 모습의 나를 다시 만났다. 처음에는 힘들어서 피하기도 했지만 결국 마주한 나의 진짜 모습들. 그 속에 숨어 있던 어설프고 서툰 나를 인정하고 안아줬더니 있는 대로 잔뜩 힘이 들어가 있던 맘이 몽글몽글 유연해졌다. 이렇게 좋은 걸, 이토록 맘이 가벼운 걸, 뭐 얼마나 잘 살아보려고 그렇게 악착같이 주먹 꽉 쥐고 이 악물고 살았는지 모르겠다.

그저 솔직한 나를 세상에 툭 던지고 살면 되는 것이다.

그렇게 어설프고 서툰 나와 잘 지내면 그만이다.

그러면 어느새 삶을 즐기고 있는 행복한 나를 발견한다.

'휴~ 이제 그냥 즐기려고요.'

2

헤이,
디제이

방송에서 자주 "방송국 놈들의 역할은 얼마 되지 않는다"고 장난처럼 얘기하곤 하지만, 잘 알고 있다. 세상의 어떤 일도 나 혼자 잘나서 되는 일은 절대 없다는 걸.

어설픈 연예인 도전기 1

지금 와 생각해 보면 나의 첫 연예인 도전기는 준비도 실력도 부족한 상태에서 시작되었다.

1991년 서울예술대학 1학년 시절, 나는 '예음회'라는 통기타 음악 동아리의 회원이었다. 그때 내게 동아리 선배가 대학가요제에 나가보라고 곡을 써주었다. 지금 생각해 보면 어이가 없다. 노래를 그다지 잘하지 않으면서 그룹도 아닌 솔로로 그렇게 큰 가요제에 나갈 용기가 어디서 생겼는지, 무슨 자신감이었는지 알 수는 없지만, 아무튼 그게 나의 첫 번째 연예인 도전이 되었다.

그때의 첫 도전은 지금 다시 생각해 봐도 참으로 무모하면서 어이없고 용감했다. 성패는 안중에도 없고 그냥 들이대는 것. 그렇게 즉흥적인 선택과 실행은 스무 살이니까 가져볼 수 있는 '똘끼'가 아니었을까 싶다. 지금은 그런 즉흥적인 선택과 실행은 꿈도 못 꾸니 말이다.

선배에게 곡을 받아 지원서를 접수하고 몇 날 며칠을 나름 열심히 연습했다. 누가 옆에서 툭 치면 기타 연주와 노래가 바로 나올 수 있을 만큼. 예선이 있던 날, 접수 번호표를 가슴에 달고 기다리는데 이상하게 떨리지도 않고 마음이 평온했다. 다들 기다리면서 열심히 연습을 하는데 난 이미 다 하고 왔다며 '뭘 여기서까지 연습을 해, 아마추어처럼'이란 생각을 했다(알고 보면 내가 진짜 아마추어였는데 말이다).

드디어 내 이름이 호명되어 스튜디오 안으로 들어갔다. 먼저 예선을 본 사람들 중에 눈에 띄게 잘하는 사람은 없어서 살짝 자신감도 생겼다.

"다음, 1285번(번호는 기억이 안 난다) 김태균 씨 나오세요. 솔로네요."

기타를 메고 무대 중앙으로 가서 마이크 앞에 섰을 때까지만 해도 괜찮았다.

"준비되셨으면 노래하세요."

"네~."

신나게 전주를 기타로 연주하고 나서 노래로 들어가야 하는 순간, '헉!! 가사가 뭐였지?' 앞이 깜깜해지면서 그렇게 외웠던 가사가 머릿속에서 싹 다 날아가 버렸다.

"띠~! 리리리 따~라라라."

바보같이 가사 없이 멜로디만 이렇게 노래했다.

심사위원들 표정이 이상해졌다.

"아! 다시 해보겠습니다. 죄송해요."

그리고 또 똑같이 노래 들어갈 부분에서 도저히 가사가 떠오르지 않아 머뭇거리니까 심사위원이 어이없다는 듯 말했다.

"됐어요. 다음~."

오우~ 얼마나 민망한지 아무 말도 못 하고 바로 도망 나와 버렸다.

그날 예음회 선배들이랑 동기들이 어떻게 됐냐며 물을 때 창피해서 "그냥 부르긴 다 불렀는데 결과는 모르지 뭐" 하고 넘겨버렸다. 솔직하지 못했지만 그땐 쪽팔린 게 죽기보다 싫었으니까.

그렇게 나의 첫 번째 연예인 도전은 진짜 어설프게 막을 내렸다.

어설픈 연예인 도전기 2

대학에서 방송연기를 전공했다. 연기를 곧잘 해서 교수님께 칭찬도 받고 몇몇 동기한테는 부러움을 사기도 했다. 1991년에 SBS에서 1기 공채 탤런트 시험을 연다는 소식에 우리 과에서 연기를 전공하는 선배, 동기들은 웬만하면 다들 지원한다고 난리였다.

'그래, 가수는 내 길이 아니었어. 내 전공은 연기! 좋아, 배우가 되는 거야!'

'뭐 주연 말고 감초 역할이나 주인공 친구 역할 같은 조연 배우 하면 되는 거니까. 까짓것, 한번 해보는 거야! 다른 건 몰라도 연기는 자신 있으니까.'

일단 1차 서류 심사는 통과했다. 2차는 면접과 즉석 연기로 치러지는 일정.

2차 시험 당일, 심사위원들에게 뭔가 자연스러운 인상을 주고 싶어서 평소에 입는 티셔츠에 찢어진 청바지 그리고 단화를 신고 가벼운 마음으로 방송국으로 갔다.

그런데…… 아하…… 뭔가 잘못됐다는 느낌이 들기 시작했다. 그날은 남자 탤런트만 뽑는 날이어서 죄다 남자들만 방송국 로비에 가득했는데, 글쎄…… 거짓말 안 보태고 나를 제외한 모든 참가자가 정장을 입고 온 거다. 정말 약속이라도 한 듯이 죄다 양복을 쫘악 빼입은 그들이 한 번씩 나를 아래위로 훑어봤다. '아니, 저러고 온 거야?'라는 듯.

그날의 면접은 드라마 대사를 몇 개 주고 그중에 하나를 선택해 짧은 연습을 한 후에 연기를 펼치는 방식이었다. 아마도 그때 사극 대사를 선택했던 것으로 기억한다. 목소리의 장점을 살려서 하면 괜찮겠다 싶었다.

"다음 김태균 씨 들어오세요."

드디어 내 차례가 되었고, 연습한 사극 대사를 자신 있게 연기했다. 나름 만족스러웠다. 이제 면접 시간.

"연기는 잘 봤고요. 근데 옷은 왜 그렇게 입고 온 겁니까? 다른 분들은 다 정장 입고 왔던데."

심사위원의 생각지 못한 질문이었다.

"아~ 네, 평소에 입는 옷을 입어야 자연스러운 연기가 나올 것 같아서 이렇게 입고 왔습니다."

오~호, 임기응변으로 답변을 잘했다고 생각했다.

"그렇군요. 음~ 대학생이고, 군대는 아직 안 다녀왔네요."

사실 이번 시험에 떨어지고 영장 나오면 입대할 생각이었다.

"탤런트 시험 붙으면 입대 연기할 수 있습니다."

솔직하고 당당하게 의지를 표현했다.

"네, 수고했어요. 다음 들어오세요."

그렇게 떨지도 않고 연기도 나쁘지 않았는데 뭔가 후련한 느낌이 없었다. 설마설마하면서도 정장과 군대 문제가 계속 걸렸다.

몇 주 뒤 2차 합격자 발표일! 내 이름은 없었다. 결과는 인정하는데 이유가 궁금하긴 했다. 그냥 괜히 '연기는 좋았는데 군대를 가야 하는 문제가 있어서……' 이런 얘기를 듣고 싶다는 아쉬움!! 미련!! 그런데 떨어지고 나니까 정말로 곧바로 영장이 나왔다!

만약에 그때 SBS 1기 탤런트가 됐다면 어땠을까? 입대를 연기하고 배우 생활을 계속하다가 현재까지 연기자로 남아 있을 수 있었을까? 적어도 개그맨으로 전향은 하지 않았을 것 같긴 한데…….

그러고 보면 사람마다 정해진 길이 있는 것 같다. 그래도 도전하지 않으면 그 길조차 찾을 수 없다는 것도 알게 되었다. 연예인이 되기 위한 두 번의 어설픈 도전은 이후 나의 인생에 있어서 도전에 대한 부담을 덜어주는 계기가 되었다. 결과를 떠나서 도전 자체로 내 안에 잠들어 있던 '열정적인 나'를 만날 수 있었으니 그런 대로 의미 있는 일.

세상에 '무의미한 도전'은 없다는 걸 어렴풋이 깨달아가던 시절이었다.

참, 그때 그 탤런트 시험에 합격했다면 배우 성동일 형님이 제 동기가 될 뻔했어요.

몰래 개그맨이 되다

어머니가 차려주신 따뜻한 밥 먹고 누워서 TV를 보던 어느 날, 'MBC 공채 개그맨 모집' 광고 방송을 보게 됐다. 누워 있던 나는 몸을 일으켜 정자세로 TV 앞에 앉았다.

'오호~ 개그맨? 한번 해볼까? 그래, 떨어지면 어때! 그냥 조용히 몰래 시험 보는 거야.'

이미 대학가요제, 탤런트 시험에서 두 번의 고배를 맛봤기 때문에 떨어지는 것에 두려움이 없었고 오히려 은근히 도전을 즐기는 마음이 생기던 터였다. 가족한테도 얘기하지 않고 일단 시험을 준비했다. 방송국에 가서 원서를 받아 오고 나니 실감이 났다. 중요한 건 3분짜리 개그를 짜서 가야 한다는 것. 내가 개그를 짜본 경험은 중학교 1학년 때 교회 '문학의 밤'에서 친구와 만든 스탠딩 개그가 처음이자 마지막이었다.

시험은 보름 뒤, 막막했다. 시간만 나면 옥상에 올라가 고민하고 또 고민했다. 그렇게 일주일 정도 지나고 내가 혼자서 만들어낸 첫 개그 대본이 탄생했다. 뭔가 모를 뿌듯함에 누구에게라도 자랑하고 보여주고 싶었지만 몰래 해야 하기 때문에 그럴 수 없었다.

내가 할 줄 아는 개인기가 뭐가 있을까 고민하다가 언뜻 예전에 <한 지붕 세 가족>이라는 드라마에서 '최주봉' 선생님이 연기했던 만수 아빠의 흉내를 곧잘 냈던 기억이 나서 그 성대모사를 기본으로 하고, 시험 볼 당시 최고 인기 드라마였던 <사랑을 그대 품안에>에서 차인표 형처럼 입으로 색소폰 소리를 흉내 내는 것도 살짝 넣어서 대본을 짰다.

전국에서 몰려든 개그맨 지망생들은 정말 많기도 했지만 개성이 강한 사람들이 엄청 많았다. 얼굴만 보고 웃긴 사람을 뽑는 것이라면 진즉에 떨어졌을 정도로 난 너무나 평범했다. 친구들끼리 온 사람들도 있었고, 이미 여러 번 시험을 본 사람들도 있었는지 서로 알아보고 연습한 걸 봐주고 난리도 아니었다. 나만 혼자서 조용히 차례를 기다리는데 이미 그들의 기에 눌린 듯했다. 10명의 개그맨을 뽑는데 전국에서 700명 가까이 모였으니 70:1의 경쟁률.

시험 장소는 정동에 있는 MBC 문화체육관. 응시자들은 체육관 안에 있는 스탠드에 앉아서 대기하다가 호명을 하면 임의로 설치되어 있는 일곱 개의 방 중에 랜덤으로 들어가서 시험을 치르게 된다.

"○○번부터 ○○○번까지 내려와서 대기하세요."

체육관 플로로 내려가니 서경석, 이윤석, 박명수 등 TV에서 많이 봤던 개그맨들이 안내를 하고 있었다. 시험에 합격하면 바로 위의 기수 선배가 될 사람들이었다. 어쨌든 연예인들이라 그런지 뭔가 느낌이 달랐다.

드디어 내 차례!

정해진 방문을 자신 있게 열었다. 임시로 지어진 13제곱미터(4평) 정도 돼 보이는 작은 방에 긴 테이블이 하나 놓여 있고, 거기에 네다섯 명 정도가 나란히 앉아서 나를 응시하고 있었다. 아침부터 계속 심사를 해서 그런지 다들 지친 표정이었다. 아니면 일부러 웃지 않으려고 작심이라도 한 사람들처럼 무표정한 눈으로 '어디 한번 웃겨봐'라고 말하는 듯했다. 피디와 작가들로 구성된 심사팀 전원은 그 누구도 나에 대한 기대가 전혀 없어 보였다.

"○○○번 김태균입니다. 그럼 시작하겠습니다."

내 기억에 그때 대본은 대충 이랬다(기억을 더듬어 써보려니 감회도 새롭고 민망하기도 하지만 당시엔 참 재밌는 작업이었다).

안녕하세요. ○○○번 김태균입니다.

모든 직업을 최주봉 씨, 만수 아빠가 했으면 어땠을까요?

먼저 지하철 안내 방송입니다.

딸랄라라~ 딸랄라라~

(최주봉 목소리로) 다음 내리실 역은 MBC, MBC역인디유, 이히히. 내리실문은 워딜까유? 맞혀봐유? 이히히.

다음은 일기예보관이 최주봉이라면,

(MBC 로고송 부른다) 뚱뚜둥 뚱뚱, 만나면 좋은 친구 MBC 문화방송~

(멋진 목소리로) 곧이어 내일의 날씨가 이어집니다.

(최주봉 목소리로) 안녕하세유? 이히히, 내일의 날씨예유~ 내일두 덥구 모래두 덥데유. 구름 사진 보시쥬! 으히히히 예쁘쥬? 내일 뵐게유~ 이히히.

다음은 <사랑을 그대 품안에> 주인공이 최주봉이라면,

(라이브 클럽 MC 목소리로) 네~ 다음은 우리 클럽 최고의 하이라이트, 색소폰 연주가 있겠습니다. 다 같이 박수 주세요.

(색소폰 소리 내며 연주하는 시늉) 뿌부뿌붐~ 뿌부빠붐~ 이히히 안녕하세유? 차인봉이에유~

샤를릴라를 라라~

감사합니다.

시험을 마치고 다시 로비로 나오는데 내 주위로 사람들이 몰려들었다.

"아니, 뭐 했어요? 그 방에서 웃음소리가 엄청 크게 들렸어요."

"전에 시험 볼 때 못 봤던 분인데 대본 내용이 뭐예요?"

"뭐 하니까 웃어요?"

대충 이런 내용의 질문들을 했던 것 같다. 왠지 그런 질문을 받으니까 내가 벌써 개그맨 시험에 합격한 것만 같이 뿌듯했다.

몇 주가 지난 어느 날, 해가 중천인데 전날 친구들이랑 마신 술 때문에 이불 밖으로 나오지 못하고 있었다. 어디선지 걸려 온 전화를 어머니가 받으셨다.

"네, 여보세요? 네, 김태균 집 맞는데요. 네네, 아 그래요? 네 알겠습니다."

방문을 열고 들어오신 어머니가 대뜸 전화 내용을 전했다.

"태균아, MBC 방송국에서 전화 왔는데, 너 무슨 개그맨 시험 봤니?"

정신이 번쩍 들었다.

"어~ 뭐래?"

"합격했단다. 언제까지 방송국으로 오라던데!"

숙취가 갑자기 사라졌다.

"진짜? 아싸~ 엄마 나 개그맨 됐어."

어머니를 와락 끌어안았다.

"아니, 근데 넌 뭔 애가 시험을 말도 안 하고 보냐? 그래도 우리 아들 대견하다. 축하한다. 축하해. 그럼 이제 우리 아들이 텔레비전에 나오는 거야?"

그렇게 나는 몰래 개그맨이 되었다.

출근길

상암동 집에서 나와 아파트 앞 도로에 비상등을 켠 채 대기하고 있는 카니발에 올라탄다.

"안녕하세요? 형님!"

매니저가 전하는 일정한 톤의 한결같은 인사가 마치 알람처럼 같은 시간에 귓가에 울린다.

"어~ 그래, 동하야 안녕? 가자."

받아치는 나의 인사도 매니저에게는 마찬가지로 알람처럼 그냥 일상이 되어버렸을 것이다.

라디오 디제이를 시작하면서 방송국이 있는 목동까지 매일 가야 해서 상암동으로 이사를 했다. 상암동에서 목동까지는 아무리 막혀도 20분이면 도착하기 때문에 마음의 여유가 있어서 좋다. 뭐, 오후 2시 방송이라 다른 아침 프로그램에 비해 출근길이 여유가 있긴 하지만……. 16년 동안 라디오 디제이를 하면서 생방송에 늦은 적이 한 번도 없었다. 물론 늦지 않는 게 당연한 거지만 그래도 스스로 대견하다고 생각한다.

출발~!

아파트 앞 사거리에서 바로 우회전하면 박정희대통령기념관이 보이고, 바로 나오는 삼거리에서 좌회전하면 우측으로 월드컵공원의 잘생긴 나무들이 나란히 서서 오늘도 잘하고 오라고 인사를 한다. 월드컵경기장 사거리에서 직진하면 좌측에는 웅장한 월드컵경기장이, 우측에는 주차장과 공원이 이어진다. 조금만 가다가 우회전하기 바로 직전부터 코너를 끼고 자리해 있는 농수산물 도매시장은 언제나 사고파는 사람들의 활기찬 모습들이 어김없이 나를 자극한다.

성산대교를 올라타면 잔잔한 한강의 풍경이 펼쳐지고 그날그날의 날씨나 기후 상황을 알 수 있다. 안개가 끼거나 미세먼지가 얼마나 있는지, 저 멀리에 남산타워가 보이는 선명하게 맑은 날은 내 기분도 덩달아 맑아지곤 한다. 성산대교를 건

너자마자 목동 진입로에 들어가기 전까지 500m 정도 되는 우측 길에는 개나리와 벚나무가 늘어서 있다. 다른 계절은 무심하게 지나다가 봄만 되면 위에는 개나리, 아래는 벚꽃이 환하게 웃으면 반기는데, 그래서인지 봄에 하는 라디오는 시작부터 웃음꽃이 피는 듯하다.

목동으로 진입하면 일방통행로가 이어진다. 좌측에는 상가들이, 우측에는 아파트와 상가들이 '이제 목동에 들어오셨으니 안심하세요'라고 인사하듯 편안함을 준다. 조금만 더 가면 스타벅스가 그냥 지나치면 서운하다는 듯 애교를 떨며 손을 흔들어댄다. 그러면 못 이기는 척 매니저가 매장 안으로 빨려 들어간다. 매니저 하나, 나 하나 아이스 아메리카노를 들고 스타벅스를 빠져나와 살짝 커브를 돌면 드디어 SBS 방송국이 모습을 드러낸다.

내가 타고 있는 카니발이 정문을 지날 때 방송국 보안 요원이 인사를 해주시면 진입을 허가하는 바가 올라가고 안내판에 '컬투쇼 MC'라고 뜬다. 그러면 마치 대기업의 간부라도 된 듯이 어깨가 으쓱해지기도 한다. ㅋㅋㅋㅋㅋㅋ

방송국 지상 주차장에 차를 세우고 로비로 들어가면 바로 좌측에 <두시탈출 컬투쇼> 전용 스튜디오가 있다. 스튜디오 문을 열고 들어가면 방송국 놈(?)들이 매일 보는 직장 상사를 대하듯 나를 맞이한다. 방송국 놈들은 각자의 자리에서 그날의 방송을 준비하고 나도 의례적인 인사를 던지고 스튜디오 안 디제이 자리로 가서 앉는다.

반복되는 길, 늘 같은 자리, 같은 사람이지만 라디오 부스 안에서만은 날마다 새로운 에너지를 끌어 모은다. 똑같은 것 같아도 매일 다른, 새로운 방송을 시작한다.

라디오 덕분

'컬투쇼'라는 이름으로 라디오를 시작하면서 우리는 컬투라는 팀의 장점을 프로그램에 녹여보기로 했다. 컬투는 공연을 오래 한 팀이라 관객과 소통하고 호흡하는 걸 제일 잘하기 때문에 라디오 방송에서도 방청객을 초대해 보자는 제안을 했고, 덕분에 <두시탈출 컬투쇼>는 대한민국 최초로 라디오에 매일 방청객을 초대하는 방송이 되었다.

문제는 첫 방송이었다. 처음이라 미리 방청객을 모을 수 없었던 것. 고민 끝에 첫 생방송부터 일주일간은 방송에 필요한 최소한의 인원을 제외하고 매니저, 스타일리스트, 작가들까지 모든 관련자를 스튜디오에 모아놓고 방송을 했다. 그렇게 일주일 동안 방송이 나가고 나니까 조금씩 방청 신청이 들어오기 시작했다.

방청객을 초대하자는 우리의 의견은 적중했다. 일단 관객의 리액션이 있으니 진행하는 사람도 신나고, 방청객들도 진행하는 디제이 표정까지 다 보이니까 더욱 실감이 나서 웃음이 배가되고, 청취자들은 방청객의 웃음소리를 들으면서 훨씬 더 재미를 느끼게 됐다. 라디오에서 들리는 방청객의 웃음소리가 생소했던 사람들에게 '녹음된 웃음소리를 트는 게 아니냐?'는 질문도 자주 들을 정도였다.

지금은 방송국 1층 로비에 방청객 100명을 수용할 수 있는 컬투쇼 전용 공개 스튜디오가 있지만 그때는 디제이들만 들어가 방송하는 작은 스튜디오에서 진행을 했기에 많아야 10명 남짓 되는 방청객만 겨우 초대할 수 있었다.

지금 생각해도 미안한 건 2시간 방송 내내 방청객들을 엉덩이 배기게 바닥에 앉혀 놓고 디제이들만 의자에 앉아 진행을 했다는 것이다. 디제이를 중심으로 동그랗게 빙 둘러앉았는데, 어떤 사람은 방송 내내 디제이 뒤통수만 보고 있고, 바로 옆에 앉은 사람은 우리를 계속 올려다봐서 목이 엄청 아팠을 것이다. 감사하게도 이런 불편한 상황에서도 누구 하나 불만 없이 옹기종기 모여앉아 재밌게 방송을 보고, 오히려 고맙다고 또 오고 싶다고 했었다.

원초적인 게 모든 세대가 공감할 수 있는 최고의 소재라고 나는 생각한다. 그래서 컬투쇼의 트레이드마크가 된 '똥, 방귀' 문자와 사연은 지금도 빠지지 않고 거의 매일 소개한다. 방송에서 사용하는 소재나 단어들은 바른 말이나 고상한 말 위주로 해야 한다는 고정 관념을 벗어난 것이 사람들에게 일탈이라는 카타르시스를 준 것 같다. 그리고 아마도 그동안 재미는 있는데 더러워서 보내지 못했던 사연들이 모조리 컬투쇼로 몰렸던 것 같다.

방송 초기에는 어디로 튈지 모르는 진행, 써도 되는 건지 아닌지 모를 요상한 단어들을 여과 없이 사용해 방송국 놈들이 심의실에 불려 가기 일쑤였다. 어디 그뿐인가. 방청객들과 함께하는 현장에서는 계속해서 돌발 상황이 벌어지고. 뭐, 그냥 한마디로 매일매일 좌충우돌 우당탕탕 왁자지껄하는 시간이었다.

매체가 다양해지면서 라디오는 매력을 잃을 거라는 모두의 예상은 조금 빗나갔다. 스마트폰이 생기면서 스마트폰으로 라디오를 듣기 시작했고, 방송 중 재밌었던 부분들은 유튜브나 각종 SNS로 공유되어 더 넓은 곳까지 퍼져 나갔다. 그렇게 컬투쇼는 시작한 지 1년이 채 되기도 전인 10개월 만에 대한민국 라디오 전체 청취율 1위 자리에 올랐다. 정말 감격적인 순간이었다. 나의 꿈이었던 라디오 디제이를 하게 된 것도 감지덕지인데 대한민국 1위라니! 그리고 더욱더 감사한 것은 16년이 지난 지금까지도 대한민국 국민이 가장 좋아하는 라디오 프로그램으로 인정받고 있다는 점이다.

처음 시작할 때부터 '하루하루 그날그날 방송만 즐기자'라는 생각으로 했는데 벌써 16년이나 즐기고 있다니! 인생의 하루하루를 즐기게 된 것도 다 라디오 덕분이다.

방송국 놈들

16년 동안 라디오를 함께 만들었던 방송 제작진을 언제부턴가 이렇게 불렀다.

"방송국 놈들."

요즘 여기저기 방송에서 쓰이는 말인데 아마 컬투쇼에서 가장 먼저 그렇게 불렀을 것이다. 요즘도 생방송 중에 하루에도 몇 번씩 꾸준히 언급을 해서 '방송국 놈들'이란 호칭은 컬투쇼의 시그니처처럼 되어버렸다.

방송 중에 기술적인 실수가 나오거나 하면 청취자들을 대신해 내가 '방송국 놈들'한테 호통을 친다. 방송을 진행하는 나도 어떻게 보면 방송국 측이기 때문에 진행자가 정중히 사과를 해야 함에도 불구하고 "아하, 이런 일이 거의 없는데 갑자기 이상한 잡음이 나갔네요. 불편하셨죠? 제가 그런 건 아니고요. 방송국 놈들의 실수였습니다. 방송국 놈들도 사람이다 보니 그럴 수 있죠. 참 인간적이다. 이 방송국 놈들아~" 이런 식으로 재미를 위해 난 쏙 빠져나가 버리곤 한다. 그렇게 청취자들과 한통속이 된다.

살다 보면 늘 옆에는 조력자들이 있다. 바로 이 '방송국 놈들'이 16년 동안 방송을 잘 이끌도록 도와준 나의 조력자들이다. 2006년 5월 1일에 시작한 뒤 2021년 현재까지 컬투쇼를 거쳐 간 방송국 놈들은 적어도 100명은 될 것 같다. 피디 2명, 엔지니어 3명, 작가는 4명, 총 9명의 방송국 놈들이 컬투쇼를 위해 움직인다.

나는 방송 시간보다 조금 일찍 가서 두 시간 진행만 하면 되지만 '방송국 놈들'은 생방송 몇 시간 전에 와서 대본 정리하고 그날 게스트 확인하고, 가수들 라이브 있는 날은 미리 리허설 체크하고, 방송 장비 점검하는 작업을 매일 반복한다. 생방송이 무사히 잘 끝나고 난 뒤에도 진행자는 퇴근하면 그만이지만 방송국 놈들은 남아서 그날 방송에 대해 얘기하고 다음 날 방송 계획하고 게스트 섭외에 적어도 한 달 치 방송 내용을 미리 짜는 회의를 몇 시간 더 하고 퇴근한다.

요즘은 코로나19로 인해서 방청객을 초대할 수 없지만 신청한 방청객들을 일일이 뽑고 그날 방송에 온 사람들을 체크해 인솔하고, 그중에 인터뷰할 사람들을 미리 확인하고, 사전에 와 있던 그 많은 사연들을 다 읽어서 재밌는 사연들을 뽑아내고, 생방송 중에 실시간으로 오는 엄청난 문자들을 감으로 선별해야 한다. 이 기본적인 일들 말고도 '방송국 놈들'의 일은 차고 넘친다. 컬투쇼가 전체적으로 즐거운 분위기이지만 방송을 하는 순간만큼은 방송국 놈들 각자가 자신의 자리에서 모두 긴장을 늦추지 않고 집중하는 걸 느낄 수 있다. 그런 모습은 볼 때마다 짜릿하고 감사하다.

방송에서 자주 "방송국 놈들의 역할은 얼마 되지 않는다"고 장난처럼 얘기하곤 하지만, 잘 알고 있다. 세상의 어떤 일도나 혼자 잘나서 되는 일은 절대 없다는 걸.

고맙다, 방송국 놈들아~.

그분이 오신 날

그 날은 데뷔 이래 가장 설레고 떨리고 행복한 날이었다. 16년 동안 해온 라디오 방송 중 가장 행복한 방송이었다.

사실 개그맨은 나의 꿈이 아니었다. 어떻게든 끼를 살려서 할 수 있는 일을 찾다 보니 도전하게 된 일이었고 여기까지 오게 되었지만, 학창 시절에 품었던 유일한 꿈은 라디오 디제이. 그 꿈이 생겨나게 만든 사람이 바로 가수 이문세다. 중학생 시절 처음 듣게 된 라디오 프로그램 <별이 빛나는 밤에>는 매일 밤 나의 절친이 되어주었다. 한창 사춘기의 정점에 있을 때 방황할 수도 있었던 나를 잡아준 고마운 존재이기도 하다. 그때부터 듣기 시작한 <별밤>을 고등학교 졸업하고 성인이 될 때까지 거의 하루도 빠지지 않고 들었다. 그러니 이문세 형님은 나에게 우상이자 나의 살아 있는 꿈이었고, 그 시절에 그 누구보다도 더 의지가 되는 존재였다.

연예인이 된 후 이문세 형님과 함께 연예인 야구단 활동을 해서 이미 알고 지내는 사이기는 했다. 형님은 말을 닮아서 말이란 별명이 유명한데 얼굴뿐 아니라 체력까지도 말처럼 대단했다. 야구 시합 중 안타를 치고 달리는데 와~ 진짜 한 마리 말이 초원을 달리는 것 같았다. 캐치볼도 하고, 하이파이브도 하고, 같이 야구를 해서인지 금방 유대감도 생겨서 나의 우상이라는 생각을 잠시 접게 만들었다. 그런데……

그날 만난 형님은 야구장에서 보던 형님과는 전혀 다른 사람이었다.

2007년 가을 어느 날, 형님은 당시 발표했던 '알 수 없는 인생'이란 노래를 홍보하러 출연하셨다. 나는 SBS 목동 건물 11층에 있는 라디오 녹음 스튜디오에서 주말 방송을 미리 녹음하고 있었다. 형님이 나오시는 초대석 코너 전까지 미리 녹음을 하고 있는데, 내가 뭐라고 하는지도 모를 정도로 이미 내 정신은 스튜디오 창밖으로 마중 나가 있었다. 나로 하여금 라디오 디제이라는 꿈을 꾸게 만든 주인공이 다른 곳도 아니고 내 라디오 방송에 출연하다니, 요즘 말로 하면 난 성공한 덕후, '성덕'이 된 거다.

스튜디오 문이 열리고 드디어 형님이 들어오셨다.

"형님, 오셨습니까?"

"그래, 태균아~. 잘 있었지? 너희 라디오가 잘나간다며? 그래서 홍보하러 나왔지."

"어이구~ 형님, 영광입니다. 열심히 해보겠습니다."

바로 녹음이 시작됐다. 원래 긴장하면 불안해지는데 그 긴장과는 사뭇 다른, 너무 좋아서 신나는 긴장이 나를 흥분시켰다.

"오늘 초대석에는 살아 있는 저의 우상이 나와주셨습니다. 이~ 문~ 세!!! 형님, 어서 오세요. 컬투쇼에 모시게 되어 영광입니다. 인사 좀 부탁드릴게요."

내 목소리 톤이 평소와는 다르게 많이 격앙돼 있었다.

"안녕하세요~ 이문셉니다."

라디오 녹음을 할 때는 헤드폰을 끼고 하는데 형님의 목소리가 헤드폰을 통해 확성이 돼서 내 귀로 들어오는 순간 소름이 확 끼치면서 <별밤> 듣던 학창 시절로 순식간에 빨려 들어가 버렸다. 그 뒤부터는 이문세 형님 방송에 극성팬이 초대된 것처럼 흘러갔다. 학창 시절 <별밤> 듣던 추억을 형님에게 사랑 고백하듯 늘어놓기도 하고, <별밤> 로고송을 기타 치면서 들려 드리기도 했다.

"야~ 태균이가 진짜 팬이었구나. 로고송을 다 외우고 있네."

"그럼요! 형님이 로고송 직접 불러주시면 안 돼요? 그럼 너무 행복할 거 같아요."

예정에 없던 갑작스런 부탁이었다.

"좋아, 기타 줘봐. 근데 기억이 나려나 모르겠네?"

내 바로 코앞에서 형님이 직접 <별밤> 로고송을 불러주던 그 순간이 지금까지의 방송 경험 중 가장 행복한 순간이었다.

창밖의 별들도 외로워~

노래 부르는 밤~

다정스런 그대와 얘기 나누고 싶어요~

이문세의 별이 빛나는 밤에~

방송 1시간이 어떻게 흘러갔는지 모른다. 이 나이에 이런 팬심이 발동해 심장이 나대다니, 나 스스로 놀랄 판이었다.

그래서였을까. 그만 주책스런 상황이 벌어지고 말았다. '알 수 없는 인생'이란 신곡을 홍보하러 나오신 형님의 마음을 알기에, 1시간 방송에 같은 노래를 내가 4번이나 틀어버린 것이다. 이렇게 같은 노래를 여러 번 내보내는 건 처음 있는 일이었다. 그야말로 찐 팬심으로 무리한 선물을 드린 것이다. 아니나 다를까, 그 일이 있고 난 후 담당 피디는 심의실에 불려 갔고 '주의'를 받았다. 이 정도로 넘어간 게 다행한 일. 주책을 부려서라도 무리한 선물을 드리고 싶었던 것이 나의 마음이었다.

뚜껑아, 밥 먹어라~

"야! 너 요즘 밥은 먹고 사냐?"

이상한 질문이라고 예전부터 생각했다. 그래서 밥을 못 먹고 살면 밥을 사주겠다는 말인지, 못 먹고 사니까 쌤통이라는 얘긴지, 밥 아니고 다른 걸 먹고 사냐는 질문인지, 힘들면 도와주겠다는 것인지 의도를 알 수 없는 애매모호한 말이라 이런 말을 하는 사람들을 이해하지 못했다.

라디오를 시작한 지 몇 개월 지나지 않았을 때 '우리 라디오니까 이런 사연이 오는구나!' 생각하게 만드는 독특한 부탁이 담긴 글이 도착했다. 지금 생각해 보면 그때 그 사연을 재미있다고 골라 준 방송국 놈들도 살짝 똘기가 돌기 시작한 것 같다. 기억을 더듬으면 사연은 대충 이랬다.

"안녕하세요? 컬투쇼 애청자입니다. 급한 사정이 생겨서 말도 안 되는 얘긴 줄 알면서 사연을 보냅니다. 컬투쇼니까 혹시 가능하지 않을까 해서 부탁해 봅니다. 저희는 결혼한 지 얼마 안 된 신혼부부인데요. 기르는 강아지가 한 마리 있습니다.

근데 우리가 맞벌이라 개를 맡길 마땅한 곳이 없어서 집에 혼자 두고 출근하거든요. 문제는 우리 강아지가 사료를 놔두고 가도 '밥 먹어라'라고 하지 않으면 안 먹는 거예요. 회사에서 돌아오면 항상 사료 그릇이 나가기 전 그대로 있는 겁니다.

실험해 보니까 꼭 우리 목소리가 아니어도 이름 부르면서 '밥 먹어라' 하면 신기하게 먹더라고요. 어이없겠지만 우리 강아지 밥 좀 먹여주시면 안 될까요? 라디오를 틀어 놓고 출근하면 되니까요. 부탁 좀 드릴게요. 우리 강아지 이름은 '뚜껑이'예요. 그러니까 '뚜껑아, 밥 먹어라~' 이렇게만 외쳐주시면 돼요. 컬투쇼 방송 시간대가 딱 우리 뚜껑이 밥 먹기 좋은 땝니다. 감사합니다."

컬투쇼에 딱 어울리는 독특한 콘셉트였다. 고민도 없이 빠른 회의를 거쳐 생방송 하는 월요일부터 금요일 정확히 오후 2시 30분에 외치기로 결정했다. 주말엔 부부가 집에 있을 테니 주 5회만 일단 해보기로 했다. 그렇게 뚜껑이에게 생방송 중에 밥을 먹이기 시작하긴 했는데 도대체 언제까지 개밥을 먹일 것인가? 시작은 했는데 끝을 생각지 못했던 것이다.

어느새 뚜껑이 밥을 먹이는 게 방송의 일부가 되어 충분히 익숙해졌을 즈음에 사연이 하나 도착했다. 뚜껑이 주인한테서 온 사연이었다.

"안녕하세요? 일단 너무너무 감사합니다. 우리 뚜껑이가 컬투쇼 덕분에 밥도 제때 잘 먹고 건강히 자라고 있어요. 진짜 뭐라고 감사 인사를 해야 할지 모르겠네요. 그런데 이제 그만 하셔도 될 것 같아요. 저희 중에 한 사람이 집에 있게 돼서요. 뚜껑이 밥은 저희가 챙길게요. 그동안 정말 감사했습니다. 컬투쇼 사랑합니다."

'뚜껑아, 밥 먹어라'를 외친 지 얼추 1년 만이었다. 사연을 읽으면서 벌써 서운해지기 시작했다. 어떻게 생겼는지도 모르는 강아지 밥을 1년이나 먹였는데 당장 내일부터 같은 시간에 뭘 하지? 허전하고 어색할 것 같은 기분이 들었다. 아니나 다를까, 한동안 '뚜껑이가 밥은 잘 먹고 사는지'가 궁금한 후유증은 꽤 오래갔다.

"너 요즘 밥은 먹고 사냐?"라는 질문은 세상 따뜻한 안부 인사였다.

"뚜껑아~ 너 요즘 밥은 먹고 사냐?"

사람을 구하는 방송

방송국 놈들이 생방송 중에 다급한 문자 하나를 디제이 모니터에 띄웠다.

'혈액을 급구합니다. RH- AB형인 분이 이 방송을 들으신다면 제주도 ○○병원으로 빨리 연락 바랍니다. 한 사람의 생명이 달려 있습니다. 제발 부탁합니다.'

모니터에 띄우자마자 방송에 소개했다.

"혹시 지금 제주도에 계시는 분들 중에 RH- AB형인 분이 듣고 있다면 급히 제주 ○○병원으로 연락 바랍니다. 한 사람의 생명을 살리는 일입니다. 도와주세요."

그 뒤로도 사이사이에 몇 번 더 방송했다. 그리고 1시간쯤 지나고 나서 혈액을 급구한다고 문자를 보냈던 분이 또다시 문자를 보내 왔다.

"지금 막 RH- AB형인 분이 헌혈하러 와주셨습니다. 제주 사시는 분인데 버스 타고 가다가 라디오 듣고 바로 와주셨어요. 컬투쇼, 정말 감사합니다."

온몸에 소름이 돋을 정도로 감동적이었다. 지푸라기라도 잡고 싶은 마음에 보낸 문자 한 통이 사람의 생명을 살릴 수 있다니!

한번은 한 남자분에게서 사연이 왔다.

하는 것마다 안 되고 남한테 피해만 주고 살아간다는 것 자체가 너무 힘들고 지쳐서 생을 비관한 나머지 자살하려고 택시를 타고 한강으로 가고 있는데 그 택시에서 컬투쇼가 나오고 있었다고 한다. 마침 재밌는 사연이었고 그걸 듣다가 자기도 모르게 깔깔거리면서 택시 기사랑 엄청 웃다 보니 '어? 내가 웃고 있네!'란 걸 깨닫고 희망을 얻었다는 것. 마음을 고쳐먹고 지금은 열정적으로 아주 잘 살고 있다는 내용이었다. 컬투쇼가 생명의 은인이라면서 평생 감사하며 열심히 살겠다고 메시지를 남겼다.

그날 그 순간 읽었던 사연 하나가 사람의 생명을 살릴 수 있다니!

어떤 사람이 어떤 상황에 어떤 마음으로 듣고 있는지 알 수 없지만 누군가 본인의 인생을 담아서 보낸 한 통의 문자가, 하나의 사연이 또 다른 누군가의 인생을 바꿀 수도 있다는 생각에 부담스러운 적도 있다. 하지만 언제부턴가 사연이 눈앞에 보이면 주인공에 빙의된 것처럼 읽어 내려가고 있다. 나의 작은 위로가 그분들에게 큰 울림으로 다가가기를 바라면서.

셀카봉 사장님

라디오 방청 신청은 본인이 원하는 날짜에 인원수와 사연을 간단하게 적어서 컬투쇼 홈페이지 방청 신청 게시판에 올리면 된다. 그러면 방송국 놈들이 일일이 확인하고 방청객을 뽑는다. 아주 구구절절하고 다양하게 방청하고픈 이유를 적어서 신청하는 사람이 많은데 10번을 넘게 신청해도 안 된다고 하소연하는 사람도 있고, 내가 알아볼 정도로 자주 당첨돼서 오는 운 좋은 사람들도 있다.

단 한 번 방청을 왔는데도 기억이 나는 인상적인 사람들도 가끔 있다. 대개 본인이 방청을 신청해서 누구를 데리고 오는 게 일반적인데, 어느 날은 회사 직원이 사장님을 방청 보내고 싶다면서 사연을 보냈다. 내용이 대충 이랬다.

"안녕하세요? 저희 회사는 셀카봉을 디자인해서 만드는 회사입니다. 저희 회사는 국내에서 제일 처음 셀카봉을 만들기 시작해서 지금은 해외로 수출까지 하고 있는 잘나가는 중소기업입니다. 저희 회사 사장님은 컬투쇼를 거의 종교처럼 신봉하십니다. 그러시는 이유가 있는데요. 사장님이 뭐 해 먹고살지 고민하던 백수 시절, 어느 날 컬투쇼를 듣고 있는데 이런 사연이 나왔대요. 해외에 친구들이랑 여행을 갔는데 관광지에서 휴대폰으로 사진을 찍어 달라고 길 가는 외국인한테 부탁을 한 거죠. 근데 그 외국인이 찍는 척하면서 한 발짝씩 뒤로 가더니 휴대폰을 들고 도망가 버렸다는, 뭐 그런 내용이었대요.

사장님이 그 사연을 듣고 이거다 싶어서 셀카봉을 개발하신 거죠. 완전 대박이 나서 회사 사옥도 올리고 매출이 장난이 아닌 회사 사장님이 되신 겁니다. 저희 회사 직원들은 출퇴근할 때마다 컬투 얼굴을 봐야 합니다. 회사 엘리베이터를 타면 정면에 컬투 얼굴이 딱 붙어 있거든요. 그리고 오후 2시부터 4시까지는 전 직원이 일을 멈추고 컬투쇼를 의무적으로 들어야 합니다. 언제 또 좋은 사업 아이템이 나올지도 모르니까요. 남들은 컬투쇼를 재미로 듣는데 저희는 일로 듣습니다. 그래서 말인데요. 컬투쇼를 그렇게 좋아하시는 사장님 방청을 신청합니다. 당첨이 되면 사장님 방청 가시고 저희 직원들은 오후 2시부터 2시간 동안 컬투쇼 듣는 거 한 번만 쉬려고요. 하하하하, 부탁합니다. 제발요~."

이런 좋은 인연을 방송국 놈들이 놓칠 리 없었다. 생방송 중에 이 사연을 소개했고 그날 방송 때 그 셀카봉 사장님이 방청을 하러 왔다. 너무 웃긴 건 직원 한 명도 없이 진짜 사장님 혼자 방청을 하러 왔다는 것이다. 어쩐지 방송 시작부터 한 남자의 시선이 부담스럽게 느껴졌는데 그게 셀카봉 사장이었다. 방송 끝나고 기념사진을 찍었으니 그 사진은 회사 어딘가에 붙어 있을 것이고, 직원들은 부담스러워할 것이다.

그리고 얼마 전에 그 사장님과 방송 중에 통화를 했는데, 글쎄 컬투쇼 때문에 돈을 많이 벌었으니 좋은 일을 해야겠다 싶어서 '김태균' 이름으로 국내 어려운 환경에 처한 분들에게 꾸준히 기부를 하고 있었다고 한다. 그리고 아프리카에는 컬투 이름으로 이미 열 개가 넘는 우물을 만들어주는 기부를 해왔다고 한다. 아~~~ 이 얼마나 감사한 일인가!!

나는 매일 반복하는 방송이지만 어떤 한 사람에게 미치는 영향은 이렇게 클 수도 있다는 사실에 다시 한번 마음을 다잡고 마이크 앞에 앉게 된다.

“양수가 터졌어요”

라디오 방청객들 중 하루에 한두 명 이상의 임신부가 꼭 다녀간다. 임신부들의 커뮤니티가 있는지 임신부들끼리 삼삼오오 모여서 오기도 하고, 남편이 임신한 아내를 데리고 오기도 하고, 심지어는 임신부 혼자 오는 경우도 종종 있다.

어느 날은 출산 예정일이 지난 임신부가 남편 손을 잡고 방청을 온 적이 있다. 방송 사이사이에 시간이 있어서 방청객들과 대화를 나눌 수 있는데, 그 임신부의 배가 많이 나와 보여서 물어봤더니 예정일이 이미 지났다고 했다. 남편과 사이도 좋아 보였는데, 무엇보다 임신한 아내분이 엄청 웃음이 많아서 무슨 얘기만 해도 빵빵 터지고, 거기다 웃음소리가 특이해서 그분이 웃는 소리에 다른 방청객들도 따라 웃곤 했다.

"오늘 방청석에 출산 예정일이 지난 임신부가 와 있는데 너무 잘 웃으셔서 행복해 보이지만 걱정입니다. 저렇게 웃다간 여기서 애가 나올 것 같아요. 웃지 말라 그럴 수도 없고 난감한 상황입니다. 저거 봐요. 또 빵 터졌네. ㅋㅋㅋㅋ 야! 여기 구급차 대기시켜 놔야 하는 거 아니니? 아니면 산파를 부르든가."

그날은 다른 날보다 이상하게 방청객도 그렇고 전체적으로 왁자지껄하고 박장대소한 날이었다.

방송을 시작한 지 채 1시간도 되기 전에 그 부부가 갑자기 화장실을 다녀온다면서 급하게 스튜디오를 빠져나갔다. 그리고 잠시 후, 함께 나갔던 남편이 황급히 들어오면서 다급한 목소리로 말했다.

"형님들~, 아내의 양수가 터졌어요. 죄송해요, 가봐야겠어요. 수고하세요."

순간 스튜디오 안은 걱정 때문인지 조용하다가 몇 초 지나지 않아서 일제히 빵 하고 웃음이 터져버렸다.

"네, 결국 예정일이 지나서 오셨던 임신부는 웃다가 양수가 터져서 지금 급하게 출산을 하러 가셨습니다. 부디 순산하세요. 야~ 진짜 웃다가 애가 나오는 상황이네요."

10년이 훨씬 지난 일이지만 그 순간은 아직도 생생하다.

그 일이 있고 며칠 뒤 그 남편이 소식을 전해 왔다. 아내가 병원 간 지 1시간 만에 별 어려움 없이 순산했다며, 컬투쇼 덕분에 아내가 웃다가 애를 낳았다며 고맙다고. 1년 뒤 그 부부가 그때 태어난 아기를 데리고 다시 방청을 하러 왔다. 근데 왜 그렇게 반가웠는지, 내가 친정 오빠도 아닌데 말이다. 이제 돌을 맞이한 아기는 엄마가 웃다가 낳아서 그런지 낯도 안 가리고 얼마나 잘 웃던지. 내가 한 것도 없는데 괜히 뿌듯했다. 그 아기가 지금쯤이면 열 살은 됐을 텐데 혹시 그 아기, 아니 그 어린이도 내 라디오를 듣는 쇼단원일까?

휴지를 가져다주는 라디오

"저, 여기 ○○지역 ○○빌딩 2층 남자 화장실 세 번째 칸인데요. 급해서 일단 큰일을 봤는데 휴지가 없어서요. 근처에 계신 분이 휴지 좀 갖다 주시면 안 될까요?"

라디오 생방송 중에 이런 문자 메시지가 가끔 온다. 가족이나 지인이 근처에 없다면 해결하기 불가능한 일, 정말 난처한 상황! 이런 상황이라면 양말을 벗든가, 속옷을 벗든가 하지 어떻게 생방송 중인 라디오에 이딴 민원을 넣을 생각을 할 수 있었을까? 처음에 이런 문자가 왔을 때 읽으라고 모니터에 올려준 방송국 놈들도 대단하고, 그걸 보고 생방송 중에 "그 근처에 쇼단원들 있으면 빨리 달려가 보세요. 지금 휴지가 없어서 처리를 못 하고 나오지도 못 하고 있대요. 진짜 더러워 죽겠네.

뭘 이딴 걸 보내? 그래도 다들 이런 경험 있으니까 도와줍시다. 자, ○○지역 ○○빌딩 2층 남자 화장실 세 번째 칸"이라고 큰 소리로 몇 번이고 반복해서 외쳤던 나도 제정신은 아니었다.

그러자 실시간으로 문자들이 엄청나게 날아오기 시작했다.

"제가 갈게요. 근데 좀 멀어요. 1시간은 걸릴 듯."

"아하~ 좀 전에 거기 지나갔는데, 차 돌릴까요?"

"휴지 갖다 주면 사례 있나요?"

이런 문자부터 컬투쇼 청취자다운 장난 섞인 문자도 엄청 쏟아진다.

"저 옆 칸인데 저도 휴지 좀 ㅜㅜ"

"일단 물을 내리시고 새로운 물로 닦아보시는 게 어떨지 ㅋㅋ"

"갖다 줄 수는 있는데 여자라 남자 화장실에 들어가기가 좀……."

휴지가 없다는 한 사람의 문자로 한동안 방송이 긴박하게 정신없이 지나갔다. 그 사람에게 휴지가 과연 도착했는지 진행하는 사람도 듣는 쇼단원도 모두가 집중했다. 노래를 틀어

줘도 광고가 나가도 오로지 그 사람이 휴지를 받아 상황을 해결했는지가 궁금한 쇼단원들의 문자만이 게시판을 가득 채웠다. 그 순간 문자가 하나 도착했다.

"아까 휴지 필요하다고 문자 보낸 사람인데요. 휴지가 도착했어요. 우와~ 대박 신기합니다. 혹시나 하고 문자 보낸 건데, 진짜 오셨어요. 노크를 한 뒤 '컬투쇼' 하며 밑으로 휴지를 넣어주셨어요. 감사 인사를 드리려고 재빨리 뒤처리한 뒤 나가 보니까 이미 가시고 없더라고요. 야~ 컬투쇼 대박입니다. 그분께 정말 감사한다고 전해 주세요."

방송을 듣고 있던 쇼단원 누군가가 발 빠르게 달려갔던 거다. '정말 많은 사람들이 컬투쇼를 듣고 있구나'라고 실감했다. 그 순간 게시판은 또 한 번 난리가 났다.

"아휴~ 됐네요. 일이 손에 안 잡혀서 혼났어요."

"나라도 가야 하나 싶어서 반차 내고 있었어요. 다행이네요."

"우와~ 달려가신 분 진짜 영웅이네요. 미스터 휴지 히어로!!"

그때 휴지 사건은 컬투쇼 쇼단원들을 대동단결시켰다.

그 뒤로 화장실에 휴지 갖다 달라고 하는 문자는 컬투쇼 시그니처처럼 가끔 오곤 한다. 이런 식으로라도 급할 때 힘이 되어줄 수 있는 존재라는 게 참 기분 좋다.

방청객 진종오

2008년 봄 즈음으로 기억한다. 그날도 어김없이 컬투쇼 생방송이 있어 방청객들이 줄지어 스튜디오에 들어와 있었다. 생방송을 진행하다 보면 그날 온 방청객들 중에 평범하지 않은 사람이나 재밌는 장기를 가지고 있는 사람, 혹은 축하받을 사연이 있는 사람들을 인터뷰하는데, 방송국 놈들이 방청객 중에 사격 선수가 있다며 특이하니까 인터뷰 한번 해보자고 모니터에 메시지를 띄웠다.

"자, 오늘 방청객 중에 사격 선수가 오셨다는데 어디 계세요? 아~ 저기 계시네요. 마이크 좀 잡으시고 본인 소개를 부탁합니다."

"안녕하세요. 올림픽 사격 국가대표 '진종오'라고 합니다."

내가 스포츠를 좋아해서 국가대표 선수들은 웬만하면 아는 편인데 사격은 비인기 종목이라 그런지 진짜 처음 보는 얼굴이었다. 방송국 놈들이 검색해 보니 사격 쪽에선 이미 세계적으로 유명한 선수였다.

"아니, 국가대표 선수가 직접 방청을 신청해서 오신 거예요?"

"아, 네~. 제가 워낙에 컬투쇼 팬이라서요. 올림픽 나가기 전에 기운 좀 받고 싶어서 신청했는데 운 좋게 뽑혔네요."

"야~ 대박이네요. 당첨된 걸 보니 벌써 운이 좋으시네. 금메달 따시겠어요. 경력을 보니까 세계선수권에선 이미 메달을 많이 따셨는데요?"

"그런데 아직 올림픽에서는 금메달을 못 따봐서요. 이번에 열리는 베이징 올림픽에서 좋은 성적 거둘 수 있게 컬투쇼에서 응원 좀 해주시면 안 될까요?"

"당연히 되죠. 자, 듣고 계시는 쇼단원 여러분, 여기 계시는 방청객들 다 같이 외쳐봅시다."

그러고선 "진종오 금메달 가즈~아! 진종오 파이팅~"을 몇 번이고 함께 외쳤다.

"고맙습니다. 이 기운 받아서 꼭 좋은 성적 거두고 오겠습니다.”

“그러면 진짜 금메달 따면 올림픽 끝나고 컬투쇼에 제대로 출연해 주시면 어떨까요?”

“저야 좋죠.”

“진짜 그렇게 되도록 우리 응원 많이 합시다. 진종오 선수 파이팅!”

초대 손님 진종오

컬투쇼에 방청객으로 왔던 진종오 선수는 몇 달 뒤 벌어진 2008년 베이징 올림픽 남자 사격 50m에서 거짓말처럼 진짜 금메달을 목에 걸었다. 생방송으로 경기를 보며 응원하는데 손에 땀이 날 정도로 긴장을 했고, 금메달이 결정되는 순간 환호를 지르며 괜히 눈시울까지 붉어졌다. 고작 방청 한 번 하고 간 인연인데 누가 옆에서 봤으면 오래 사귄 친한 동네 형이나 가족인 줄 알았을 것이다.

올림픽이 끝난 뒤 진종오 선수는 약속을 지키기 위해 금메달을 목에 걸고 컬투쇼에 나왔다. 이번엔 방청석이 아니라 당당히 초대석에 나란히 앉아 올림픽 후일담을 들려주고 갔다. 그렇게 진종오 선수와는 친하게 알고 지내는 사이가 되었다.

진종오 선수는 그 뒤로도 런던 올림픽에서 금메달 두 개를 목에 걸었고, 그다음에 열린 브라질 올림픽에서도 금메달을 추가하며 올림픽 3연패까지 이룩해 명실상부한 사격의 황제가 됐다.

2020년 2월에 진종오 선수는 나의 요청으로 한 번 더 라디오에 나왔다. 최근에는 예능 프로그램에 출연도 하고 그래서인지 예전에 비해 말도 재밌게 잘하고 한결 여유 있어 보였다. 그러면서 본인에게 얼마 전에 웃긴 일이 있었다면서 이런 일화를 들려주었다.

어느 방송국에서 섭외 전화가 걸려 왔다고 한다. 섭외 이유는 이번 도쿄 올림픽에서 사격 경기를 중계할 때 해설 위원으로 참여해 달라는 것이었다. 이에 진종오 선수는 이렇게 답했다고 한다.

"해설요? 그러고 싶지만 저도 이번 도쿄 올림픽 대표 선수로 발탁되기 위해 선발전 준비로 정신이 없어서 힘들 것 같은데요."

올림픽 대표 선수로 나가기 위해 준비 중인 사람을 해설 위원으로 섭외를 했으니...... 상대방이 얼마나 민망했을까?

클로징 멘트

컬투쇼의 클로징 멘트는 여러 번 변화가 있었다.

옆의 파트너 형이 자주 하던 멘트는 "오늘도 섹시하세요."

내가 한동안 많이 했던 멘트는 "행복해서 웃는 게 아니라 웃을 수 있어서 행복한 거래요. 오늘 행복하셨나요?"

방청객들이 어김없이 "네~"라고 대답해 주면 "저도 행복했어요" 하고 끝났다. 재미 위주의 방송이다 보니 수다를 많이 떨다 보면 나중에는 시간이 모자라서 클로징 멘트를 그냥 "땡큐~" 혹은 "안녕~" 하고 급하게 마무리하거나 인사도 못 하고 그냥 광고로 넘어간 적도 꽤 있었다.

2012년 4월부터 2014년 10월까지는 특별한 클로징 멘트를 했다. 이 기간은 어머니가 투병 중인 때이다. 어머니는 활동적인 성격이라 내가 라디오 하는 시간에는 밖에 계신 적이 많아서 라디오를 못 들을 때가 더 많았는데, 투병하는 동안은 병원이나 집에서 항상 아들의 라디오를 청취하셨다.

웃는 게 항암 효과가 있다는 말을 들은 게 기억나서 어머니께 꼭 들으시라고 당부도 했고, 나 또한 어머니가 듣고 계시다는 생각에 어떻게 하면 한 번이라도 웃음을 더 드릴까 고민하고 노력했던 것 같다. 병마와 힘겨운 싸움을 하고 계시는 어머니께 아들로서 할 수 있는 일은 그게 최선이라고 생각했다. 그렇게 어머니가 돌아가시기 전날까지 하루도 빠지지 않고 했던 클로징 멘트는 "어머니 사랑해요~"였다.

어머니 장례를 치르고 일주일 동안 라디오를 쉬면서 마음을 추스르며 절실하게 느낀 게 하나 있다. '인생이 참으로 허무하다'는 것. 당신 자신이 좋아하는 게 어떤 건지도 모른 채 자식들만을 위해서 살다가 돌아가신 어머니는 살아온 시간 중에서 걱정 없이 행복하셨던 날이 며칠이나 있었을까? 살아 있는 동안에 행복할 권리가 누구에게나 있다. 하루하루 내 자신의 행복을 내가 챙기지 않으면 그 어느 누구도 내 행복을 대신 챙겨주지 않는다. 이런 생각들이 들면서 라디오에 다시 복귀하는 날부터 지금까지 클로징 멘트는 이렇게 바뀌었다.

"오늘 하루는 다시 오지 않습니다. 내일로 미루지 말고 남은 하루 최선을 다해서 충분히 행복하세요."

3

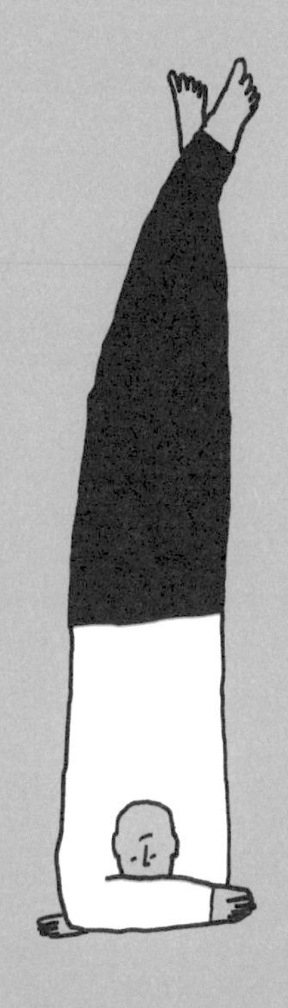

인생은 생방

인생이란 즉흥적이고 어설플지언정
내가 한 선택들을 다져나가는 과정인 것 같다.

우리 아빠 1

내가 여섯 살 때 침샘암으로 세상을 떠나신 아버지.

나에겐 아빠에 대한 추억이 사진처럼 딱 세 장면만이 기억 속에 남아 있다.

첫 번째 장면은 친척들과 우리 가족이 함께 어느 유원지에 놀러 갔을 때 아빠가 일어나서 숟가락을 들고 노래하는 모습을 올려다보던 어린 나의 시선이다. 나중에 어머니한테 들어보니 아빠가 노래를 꽤나 잘하셔서 분위기만 되면 사람들이 잘 시켰고, 아빠는 그때마다 빼지 않고 노래를 즐기셨다고 한다. 어머니는 "아무래도 네가 무대에서 노래하고 공연하는 건 아빠의 끼를 닮은 것 같다"고 얘기해 주셨다.

여태까지 아빠는 내 인생에 아무런 영향을 주지 않은 존재이거나 보고 싶어도 볼 수 없는 막연한 그리움의 대상일 뿐이다.

그런데 이 글을 쓰다가 느낀 건데 지금까지 살아온 내 인생에서 아빠의 영향이 적어도 30% 이상은 되는 것 같다. 물려주신 끼와 외모가 20% 정도, 일찍 돌아가셔서 어머니가 많이 힘드시니까 나로 하여금 정신을 일찍 차리게 만든 것 10% 정도.

우리 아빠 2

아빠에 대한 두 번째 기억은 내가 태어나서 살던 성북구 상월곡동의 작은 개인 주택의 풍경이다. 다섯 살 정도 돼 보이는 태균이가 안방과 부엌 사이 벽을 가랑이에 끼고 앉아 한쪽 발은 안방 쪽, 한쪽 발은 부엌 쪽에 두고 아빠와 엄마의 부부 싸움을 전달하는 역할을 하고 있다. 아주 오래된 기억인데 이상하게도 이 장면은 생생하다. 아빠는 안방에서 신문을 보고 계셨고 엄마는 부엌에서 음식을 준비하시면서 말다툼을 했다. 당시 태균이는 상황이 안 좋은 것도 모르고 안방에서 아빠가 한 소리를 부엌의 엄마한테 전하고, 또 엄마가 뭐라고 하시면 아빠한테 전하고, 말을 배우고 따라 하는 게 재미나서 열심히 하다가 결국 내가 울어버려서 싸움이 끝이 났다.

즐겁고 행복했던 기억도 많을 텐데 이상하게도 굳이 아빠 엄마의 부부 싸움이 기억난다. <안녕하세요>라는 프로그램을 진행했을 때 전문가에게 들은 이야기인데, 아이들에게 부모의 부부 싸움은 전쟁을 겪는 것과 견줄 만큼 큰 충격이어서 오랫동안 트라우마로 남는다고 한다. 그러니까 고작 세 개뿐인 아빠에 대한 소중한 추억 중에 부부 싸움이 한 자리를 버젓이 차지하고 있던 거다.

'나의 아이에게도 우리 부부의 싸움이 이런 거였겠구나.'

뜨끔했던 날이다.

우리 아빠 3

아빠가 아프기 시작한 무렵, 난 외삼촌 댁으로 보내졌다. 그때 난 아빠가 아픈지 전혀 모르고 외삼촌 댁에 잠시 놀러 가는 줄로만 알고 좋아했던 걸로 기억한다. 내가 외삼촌 댁에 있는 동안 엄마와 아빠는 전국을 돌아다니며 좋은 약재를 구하고 기도원을 오가며 할 수 있는 최선을 다하셨다. 커다란 대학 병원에 갈 수 있는 형편이 안 되기도 했지만 나중에 듣기론 이미 늦은 상황이어서 병원에서도 손쓸 방법이 없다고 했단다. 그런데도 엄마는 희망의 끈을 놓지 않고 아빠를 살리려고 애를 쓰셨다.

외삼촌 댁에 머물던 어느 날 아침, 외숙모가 갑자기 우리 집에 가자고 했다. 나는 '이제 집에 가는구나' 생각해 좋아하며 따라나섰는데 뭔가 좀 이상했다. 집에 간다는 걸 전날 얘기 한 것도 아니고 아침에 갑자기 가자고 한 게 어린 마음에도 걸렸던 거다. 우리 집 앞에 도착했을 때 이웃들이 대문 앞에 모여 소곤대는 게 보였다. 집에 오는 차 안에서 외숙모가 "아빠가 많이 아프셨어, 태균아. 아빠가 너 보고 싶다고 하셔서"라고 하신 얘기가 떠올랐다. 문을 열고 들어가자 사람들 울음소리가 여기저기서 들렸다. "엄마~" 하는 내 소리에 마루에 있던 엄마가 달려 내려와 날 와락 안으며 "태균아~ 흑흑" 눈물을 흘리셨다. 태어나서 처음 본 엄마의 슬픈 모습이었다.

그렇게 아빠는 내가 집으로 오기 전에 돌아가셨다. 돌아가시기 전에 막내 얼굴 한번 보고 싶다고 하셨는데 날 기다리지 못하고 떠나셨다. 외숙모는 더 빨리 도착하지 못해서 내가 임종을 못 지켰다고 두고두고 미안해하셨다.

건넌방에 아빠를 모셔놓은 관 속에 들어가 아빠 가슴에 얼굴을 묻었다.

"아빠~~~"

"아빠~~ 죽지 마."

"아빠~ 아빠~"

그렇게 돌아가신 아빠의 가슴을 눈물로 적신 장면이 아빠에 대한 마지막 추억이 되었다.

남들에겐 흔한, 아빠랑 찍은 사진이 왜 한 장도 없을까? 귀여운 막내랑 단둘이 한 번은 찍어줬을 만도 한데……. 열심히 사시느라 사진 한 장 제대로 찍을 여유가 없었을까?

시간 내서 아이와 함께한 순간순간을 사진으로 많이 담아 놓으려고 한다. 나중에 아이가 그 사진을 들춰 보고 추억을 더 듬으며 행복해하도록. 그 마음이 아이에게 미래를 살아갈 힘이 될 것이다.

할머니의 매실청

어머니가 매실청을 담그기 시작한 시기는 모르겠지만, 언제부터인가 배가 아프면 담가 놓은 매실청을 몇 숟가락 떠서 매실차를 끓여주셨다. 그걸 마시면 신기하게도 아팠던 배가 싸악 괜찮아졌던 기억이 많다.

아들이 네 살 될 무렵, 선천적 장의 이상으로 생기는 병에 걸려서 큰 수술을 받았다. 개복을 해야 하는 대수술이라 어린 아들이 감당하기에는 힘든 수술이었다. 병의 원인이 '선천적'이라는 말에 아이가 회복될 때까지 아내와 내가 부모로서 느낀 죄책감은 이루 말할 수가 없었다. 다행히 아들은 수술과 회복 기간을 잘 버티고 무사히 집으로 돌아왔다. 그 뒤로 나는 아이가 배만 아프다고 하면 혹시나 하는 마음에 걱정이 앞섰는데, 아내는 침착하게 아이 배를 어루만져주면서 할머니의 매실청을 따뜻하게 데워 먹였다. 그러면 아들은 이내 괜찮아져서 곧히 잠이 들었다.

어머니의 매실청은 정말 특효약이었다. 어떤 제약사도 만들어낼 수 없는 사랑의 묘약! 그 후로 아들은 배가 아프면 꼭 할머니의 매실청을 찾았다. 스스로도 할머니의 매실청을 마시고 나면 괜찮아진다는 생각이 드는 모양이었다. 어머니는 손자가 배 아플 때마다 당신이 담근 매실청을 찾는다는 얘기를 듣고는 무척 행복해하셨고, 뭔가 가족을 위해서 할 수 있는 역할이 있다는 생각에 매실청 만드는 일을 뿌듯해하셨다.

"어머니, 매실청 거의 다 먹어가요."

"안 그래도 만들어 놨다."

"배가 살살 아프면 자기가 알아서 어머니 매실청을 찾아요."

"어이구 기특한 것. 이따 갈 때 꼭 챙겨 가라. 이번엔 좀 많이 담가 놨다."

가끔 어머니 집에 가면 들을 수 있는 어머니와 아내의 대화 중 하나다.

갑자기 어머니께 큰 병이 찾아왔다. 병을 이겨내려고 사력을 다하셨는지 투병을 하는 동안 기력이 너무 안 좋아지셨다. 혼자 걷기도 불편해했고 식사도 제대로 못 하실 정도였다. 2년 동안 이어진 항암 치료를 겨우 버텨내고 겨우 혼자 조금씩 움직일 수 있게 되었을 때 가장 먼저 하신 일은 매실청 만드는 일이었다. 그동안 매실청을 만들어주지 못한 게 맘에 걸리셨던 모양이었다.

어머니 살아생전 마지막 명절에 열심히 동태전을 부치고 있을 때였다. 어머니가 담가 놓은 매실청을 힘겹게 꺼내며 말씀하셨다.

"애~ 이게 내가 담근 마지막 매실청일 것 같다."

"에이~ 어머니, 마지막이라뇨. 얼른 나아서 계속 매실청 담가 주셔야죠."

"아니야, 아무래도 그럴 것 같아서 힘닿는 데까지 많이 담갔다. 두고두고 먹어라."

"이거 담그느라고 너무 기운 빠지신 거 아니에요?"

"아니다. 범준이가 이거 먹을 생각에 좋아서 만드는 데 힘든지도 몰랐다. 우리 범준이, 할머니가 만든 매실청 잘 먹어~.

알았지?"

"네, 할머니."

두 달 뒤 어머니는 마지막 매실청을 남기고 거짓말처럼 돌아가셨다. 그 후로 어머니의 매실청은 우리 집 보물이 되었다. 오로지 아들이 배가 아플 때만 조금씩 꺼내 먹을 수 있었다. 내가 심한 배탈로 복통을 호소해도 아내는 절대 주지 않았다. 어머니가 남기신 매실청은 길어야 2년이면 다 먹을 분량인데 4년, 5년이 지나도 여전히 우리 집 냉장고 한자리를 듬직하게 차지하고 있었다. 물론 양은 조금씩 줄어들었지만.

얼마 전, 전날 뭘 잘못 먹었는지 새벽부터 부지런히 설사를 해대기 시작했다. 하루 종일 설사와의 싸움을 벌이다가 다음 날 병원에 갔더니 장염이라고 했다. 제대로 먹지도 못하고 기운이 빠져 있는 나를 보더니 아내가 정체 모를 병을 들어 보였다.

"이거 좀 타 줄까?"

"그게 뭔데?"

"어머니 매실청."

"뭐? 그게 아직도 남아 있었어?"

"이게 마지막이야."

진짜 얼마 남지 않았다. 아니, 그만큼이 아직 남아 있는 게 너무 신기했다.

"마지막 남은 건 당신이 다 먹어. 어머니 생각하면서. 보온병에 타 줄 테니까 일하면서 사이사이에 마셔."

나는 하루 종일 어머니의 매실청이 들어 있는 보온병을 들고 다니며 마시지는 않고 뚜껑만 열었다 닫았다를 여러 번 반복했다. 어머니가 살아생전에 마지막으로 담그신 매실청이 이제 그 바닥을 보이고 있었다. 한 모금씩 마실 때마다 울컥해서 벌컥벌컥 들이켤 수가 없었다.

집에 들어온 내 손에 든 보온병을 열어 아내가 안을 확인한다.

"다 마셨어? 으이그 남았네, 남았어. 어머니 생각나서 아껴 먹는 거야?"

"아니 뭐, 그냥 다 마시면 괜히 기분이 이상할 것 같아서."

"얼른 마셔, 몇 모금 안 남았네. 근데 진짜 오래 먹었다. 그렇지?"

"그러니까."

입속으로 엄마의 마지막 매실청을 떠나보냈다.

'고마워요, 엄마.'

인생은 생방

2006년 5월 1일 오후 2시. 내 인생에 또 다른 생방송이 시작된 순간이다. 인생은 태어나는 순간부터 생방송이라는 것을 알게 된 것도 이날 첫 방송을 하면서 깨닫게 된 사실이다. '어느 한 순간도 지나가 버리면 되돌릴 수 없다. 내가 한 말과 행동 모두 지나가도 사라지는 게 아니고 과거에 남게 된다. 그러니까 지금 이 순간을 정신 차리고 잘 살아내야 한다. 미루지 말고 지금 이 순간을 즐기고 행복해야 한다'는 사실을 깨닫게 해준 바로 그 방송, <두시 탈출 컬투쇼>의 생방송이 시작된 역사적인 순간이다.

얼마 전 <라디오스타>에 출연했을 때 김구라 씨가 "이분은 SBS 공무원이죠. 김태균 씨~"라고 나를 소개했다. 충분히 그렇게 소개할 만한 것이, 같은 프로그램을 매일 같은 시간에 그것도 생방송으로 16년째 하고 있으니 진짜 나의 일상은 공무원과 비교할 만하다.

처음 라디오 디제이를 시작할 때는 1년, 길어야 2년 정도 하지 않을까 생각했지 이렇게 오래 하게 될 줄은 꿈에도 생각하지 못했다. 2006년 당시는 한창 <웃찾사>를 하고 있기도 했고, 행사와 함께 전국 투어 공연을 정기적으로 다니던 때라 라디오를 매일 진행하는 게 부담스러웠다.

라디오 디제이란 꿈을 이룬 건 감사한 일이었지만 그때는 신혼도 즐기고 싶었고, 아내가 임신 중이라 아빠로서 태교도 하고 싶었다. 이런 이유로 돈을 떠나서 개인적인 시간이 줄어든다는 상황 때문에 처음 제의를 받고는 조금 망설였던 것도 사실이다. 하지만 선택에 대한 고민은 그리 오래 걸리지 않았다. '이런 기회가 또 올 거라는 보장도 없고 기회는 올 때 잡아야 하는 거야! 그래, 가보자!' 결정을 내리고 나니 오히려 맘이 편해지면서 프로그램에 대한 열정이 생기기 시작했다.

만약 처음부터 16년은 무조건 해야 한다는 것이 계약 조건이었다면 나는 지금과 같은 선택을 했을까? 아마 고민도 안 하고 "미쳤다고 16년을 매어 있을 순 없지. 난 자유로운 영혼인데" 하며 단번에 거절했을 것이다.

인생이란 즉흥적이고 어설플지언정 내가 한 선택들을 다져나가는 과정인 것 같다. 과정 속에서 부서지면 사라져 없어지고, 단단하게 굳어지면 오랜 시간 든든하게 내 인생을 함께 하는 친구가 되는 것 같다.

난 아직 담배를 잘 참고 있다

"당신은 담배 피우는 게 참 안 어울려."

아내가 연애 때부터 내게 가끔 하던 말이다.

"같이 일할 때도 느낀 건데, '야~ 저 오빠는 담배 피우는 게 진짜 안 어울린다'라고 생각했었어. 뭔가 어설프고, 마치 담배 못 피우는 사람이 흉내 내는 것 같은 느낌?"

"내가 담배 피우는 게 싫어서 일부러 끊게 하려고 그러는 거지?"

"하하하, 아니! 그냥 진짜 이상해서 그렇다고. 피우는 건 당신 자유지."

사실 난 아내를 만나기 전 서른 살이 되던 해에 담배를 끊었었다. 아내를 만나기 전에 사귀던 사람과 헤어지고 나서 홧

김에 그날로 담배를 끊어버렸다. 왜 그랬는지 몰라도 이상하게 그렇게 하고 싶었다. 그렇게 끊은 담배가 잘 끊어졌을까? 사실 사이사이에 나와의 타협을 하면서 '이 정도는 괜찮겠지?' 한두 대씩 피운 적도 꽤 있으니 완전히 끊었다고 볼 수 없는 지질한 금연가 생활이었다. 그리고 이 생활은 7년 만에 말도 안 되는 순간에 허무하게 무너져 내렸다.

다이어트하다가 포기한 사람들이 다시 먹기 시작하면 장난 아니게 많이 먹고, 요요로 그 전보다 훨씬 더 살이 많이 찌고, 담배도 끊었던 사람이 다시 피우기 시작하면 두 배로 피운다고 하는데……. 그 말은 나한테도 어김없이 적용됐다. 흡연을 다시 시작한 뒤 5년간은 담배 피우는 게 너무 당연하고 당당했다. 그때마다 잊지 않고 아내는 한 번씩 "당신은 담배 피우는 게 참 안 어울려"라고 지나가는 말로 던지곤 했다.

언젠가 한번은 담배를 피우며 거울을 본 적이 있는데, 너무 놀라고 말았다. 내가 봐도 담배 피우는 내가 진짜 어색하고 안 어울려 보였다. 아무리 멋진 자세를 취하고 담배 연기를 뿜어봐도 '왜 내가 진즉에 거울을 보지 않았을까?' 후회할 정도로 진짜 별로였다(항상 나중에 깨닫게 되는 거지만 아내의 말은 이상하게도 다 맞는 말이다). 그래도 다시 피우기 시작한 담배를 끊을 생각은 들지 않았다.

어머니에게 혈액암이라는 병이 찾아왔다. 아내에게 전화가 걸려온 건 2012년 4월 어느 날 오후였다. 그날 오전에 나는 아내와 함께 어머니를 모시고 병원에 갔다. 골수 검사를 받으시는 모습을 보고 나는 방송을 하기 위해 병원을 나왔고 아내는 종일 어머니 곁에서 결과를 기다리고 있었다. 오후에 갑자기 걸려 온 전화 속 아내의 목소리는 가냘프게 떨리고 있었다. 일을 중단하고 가는 차 안에서 제발 사실이 아니길 바라고 바랐지만 안타깝게도 모든 것이 현실이었다.

나는 그날로 담배를 다시 끊었다. 이번에는 완전히 확실하게. 어머니는 평소에 내가 담배 피우는 걸 싫어하셨다. 아들이 담배를 끊게 해달라고 기도도 자주 하셨다. 어머니를 살려달라는 내 기도는 안 들어주시고 아들 담배를 끊게 해달라는 어머니의 기도는 들어주신 셈이다. 그래서 기도는 평소에 해야지 닥쳐서 하면 효과가 없는 모양이다.

담배를 한번이라도 경험했던 사람들이 '담배는 끊는 게 아니라 죽을 때까지 참는 거'라고 하던데, 그렇다면 '난 아직 담배를 잘 참고 있다'.

어설픈 아빠의 열정이 부른 대참사

잘 잡고 싶었다.

어떤 아빠들보다 빠르게 많이 잡아주고 싶었다.

그 마음뿐이었다.

집 앞 공원에 아들과 처음으로 잠자리를 잡으러 갔다.

공원에서는 이미 다른 아빠와 아들들이 잠자리를 잡기 위해 이리저리 뛰고 있었다.

마음이 급해졌다.

아들이 보는 앞에서 누구보다 빠르게, 남들과는 다르게 잡아주고 싶었다.

"아들~ 아빠가 잠자리를 엄청 잘 잡아요. 기다려, 아빠가 금방 잡아줄게."

“좋아, 아빠. 하늘에 잠자리가 엄청 많아.”

잠자리채를 미친 듯이 휘두르기 시작했다.

누구보다 빨랐고 정확했다.

적어도 10마리는 잡힌 것 같았다.

“자! 아들~ 잠자리채 안을 봐봐. 많이 잡혔을걸! 후후~.”

잠자리채 안을 확인한 아들이 갑자기 울음을 터뜨렸다.

“으앙~ 무서워, 으앙~.”

“왜 그래, 아들?”

잠자리채 안을 봤는데 몸통은 없고 잠자리 대가리만 잔뜩 들어 있었다.

내가 봐도 너무 무서웠다.

주위를 살펴보니 대가리를 잃은 잠자리 시체들이 보였다.

“으앙~ 무서워, 으앙~.”

아들은 더 크게 울었고 공원에 있던 사람들은 우리를 쳐다보고 있었다.

“아빠가 다시 잡아 줄게. 그만 울어 아들.”

“싫어~. 엄마~, 엄마가 잡아 줘.”

잘 잡고 싶었다.

어떤 아빠들보다 빠르게 많이 잡아주고 싶었다.

그 마음뿐이었다.

아들의 꿈은 프로 게이머?

아들이 중학교 1학년 겨울 방학 때였다. 자신의 인생에서 처음으로 하고 싶은 게 있다고 중대 발표를 했다. '이거 해볼래? 저거 해볼래?' 권하기만 했던 아내와 나로서는 정말 반가운 일이 아닐 수 없었다. 아들의 인생에 처음으로 스스로 해보고 싶은 마음을 들게 만든 건 바로 '프로 게이머!!'. 예상을 많이 빗나간 결과라 적잖게 당황했지만 아들이 처음 얘기한 것이니 존중하기로 마음먹었다.

사실 그동안 나름대로 아이에게 시키던 것들이 있었다. 피아노를 치는 남자는 남자가 봐도 멋지니까 평생 10곡 정도는 외워서 치면 언제든 써먹는다며 아들에게 내 욕심을 주입시키고 있었는데 그렇게 흥미를 느끼지 못하고 있는 듯했다. 언젠가는 아들이 마술에 관심을 보이기에 마술 학원도 1년 가까이 보내봤는데 연습을 정말 많이 해야 그럴듯하게 마술을 할 수 있다는 걸 알고 난 후에는 싫증을 느껴서 그만뒀다.

고학년으로 올라가면서는 곧잘 하던 공부를 힘들어하기 시작했다. 어디서 듣기로 '운동 중에 사격이 제일 힘들지 않고 할 만하다'라는 얘기가 있어서 실제 선수들 훈련하는 모습을 보여주러 간 적이 있다. 그런데 직접 가 봤더니 사격 훈련이란 것이 총만 들어서 쏘고 내려놓는 정적인 동작의 반복이 아니었다. 실제는 근력 훈련과 기본 체력 훈련에 꽤 많은 시간을 할애하고 있었다. 게다가 실제 경기에서 사용하는 총은 생각보다 너무 무거워서 놀랐고 아들도 이건 아닌 것 같다며 혀를 내둘렀다.

그렇게 시간이 흘러 중학교 1학년 겨울 방학 때 아들이 스스로 처음 찾은 길이 바로 '프로 게이머'. 아들은 이미 어느 학원을 가는 게 좋은지 조사를 마친 상태여서 아들과 날짜를 맞춰 세 식구가 함께 상담을 갔다.

학원의 부원장님과 상담이 1시간 가까이 이어졌다. 상담 내용을 정리해 보면 이렇다.

"우리나라 선수들의 게임 실력은 세계적으로 인정받고 있지만 프로 입문의 확률은 다른 스포츠와 마찬가지로 아주 희박하다. 그만큼 경쟁자들이 전 세계적으로 많기 때문이다. 실력이 출중해서 빨리 데뷔하는 선수는 고등학교 1학년생도 프로팀에 입단하는 경우도 있고, 프로 게이머가 된다 해도 25세 정도에는 감각이 무뎌지는 편이라 이른 은퇴를 한다. 프로에 데뷔해 받는 첫 연봉은 적어도 1억 원은 넘어간다. 그리고 팀 게임이다 보니 세계의 어떤 선수들과도 소통할 수 있도록 영어는 기본적으로 열심히 공부해야 한다(이 얘기가 상담 중에 제일 맘에 드는 부분이었다). 그리고 집에서 매일 2시간은 기본적으로 게임을 시켜줘야 한다. 다른 운동 경기와 마찬가지로 매일매일 반복되는 훈련이 중요하기 때문이다. 부모님의 응원이 절대적으로 많이 필요하다."

상담 내내 아들의 모습은 진지했다. 그런 모습은 아들이 좋아하는 마블 영화 볼 때 이후로 처음이었다. 학원 등록의 최소 기간은 1년이었다. 1년 치 금액은 적지 않았다. 그래도 아들이 처음으로 해보고 싶다고 선언한 일이었기에 우리는 그 자리에서 1년 과정을 바로 등록해 버렸다. 나중에 들어보니 아들은 내가 학원비를 계산하는 그 순간 많이 놀랐다고 한다. 상담만 하고 갈 줄 알았는데 바로 등록을 해버리니 살짝 부담도 되고, 당장 현실이 되니 당황스러웠다고 했다.

그날 이후로 우리 집 분위기는 달라졌다. 하루에 두 시간 이상은 무조건 게임을 시켜야 하고, 부모님의 절대적인 응원이 필요하다고 했기 때문에 아들이 집 안에서 어슬렁어슬렁 돌아다니거나 휴대폰을 만지작거리고 있으면 여지없이 "야! 들어가서 빨리 게임 안 해? 지금 이럴 시간이 어딨어?"라고 말하곤 했다. 그 뒤로도 일반 가정에서 쉽게 볼 수 없는 장면이 우리 집에서는 자주 연출됐다.

아들이 게임을 시작한 지 1년이 훌쩍 지나갔다. 아들은 아직도 열심히 훈련 중이고 프로까지는 아니어도 어느 정도 수준급 실력의 게이머가 되었다. 게임에 대해서는 아무것도 모르는 아내와 나는 '우리가 잘하고 있는 건가?'라는 질문을 서로에게 하지만 답도 없이 아들을 응원하고 있다. 아! 이 글을 쓰고 있는 순간에 아들이 거실에 나와서 TV를 보고 있다.

"야! 딴짓하지 말고 들어가서 빨리 게임 안 해?"

라디오의 위로

한 직장도 16년을 다니는 게 쉬운 일이 아닌데 16년을 한결같이 생방송을, 그것도 높은 청취율을 유지하는 비결이 뭐냐고 묻는 사람들이 있다.

나도 다른 사람들과 다를 게 없다. 지치고 힘들고 개인적으로 힘든 일이 있는 날은 방송을 하기 싫기도 하고, '에라 모르겠다' 하고 그냥 어디로 떠나고 싶은 적도 많다. 시간이 좀 흐른 뒤 어느 날 이런 생각이 들었다.

'어릴 적 꿈을 이루고 살면서 하기 싫다는 생각이 들어? 아주 배가 불렀지. 평생 살면서 자기 꿈을 이루고 사는 사람들이 얼마나 된다고.'

생각해 보니 나를 지치고 힘들게 하는 것은 나의 욕심으로 잘못된 선택을 해서 벌어진 일들 혹은 사람 관계 때문이다. 라디오는 오히려 나에게 좋은 기운을 주는 고마운 존재다. 세상에서 나를 매일 기다리는 사람이 있다는 건 정말 행복한 일이 아닐 수 없다. 친구가 필요해서, 기쁜 일이 있어 축하받고 싶어서, 자기 사연이 소개되기를 기다리면서……. 그날그날 각자 다른 상황과 감정을 가지고 있는 사람들이 나를 듣기 위해 기다리고 있다는 엄청난 축복.

이런 생각을 하고부터는 웬만해서는 개인적인 감정을 라디오까지 가져오지 않으려고 한다. 어느 책에서 본 글귀처럼 '감정이 나의 태도가 되어서는 안 되기 때문'이다. 일과 개인감정을 분리한다는 것이 쉽지 않았지만 시간이 지나면서 익숙해졌다. 신기한 건 그렇게 마음을 먹을 후로는 개인적으로 안 좋은 일이 있어서 감정이 지쳐 있을 때 라디오를 하고 나면 오히려 위로를 받을 때가 많아졌고, 내 삶도 예전보다 긍정적으로 바뀌었다. 생각이 바뀌니까 삶도 변화하기 시작했다.

50

내 나이 쉰 살.

지천명은 무슨, 그저 반백 살.

언제 이렇게 나이를 먹었나? 징그럽고 까마득하다.

시간은 사정 안 봐주고 제멋대로 또 흘러간다.

이러다 예순이 되는 건가.

쉰 즈음이 되면 다른 건 몰라도 외모 정도는 중후하게 멋있어질 줄 알았는데

그냥 어제와 똑같은 아저씨가 거울 앞에서 부스스하게 서 있다.

이제 뭔가를 이뤄야 한다는 조바심도, 더 어른스러워져야 한다는 부담감도 없다.

여느 때와 같은 오늘의 연속이다.

사실 아무도 내 나이에 관심이 없다.

한 가지 달라진 게 있다면 거리의 꽃들이 예뻐 보이기 시작했다는 것.

예상하지 못했던 일이다.

길을 가다 예쁜 꽃이 있으면 걸음을 멈추고 '꽃멍'을 때린다.

남자가 꽃이 예뻐 보이기 시작하면 나이가 든 거라고 하던데,

이런 젠장.

스무 살 나에게

30년이 훌쩍 지나갔어. 어이없을 정도로. 쉰 살이 되면 철이 들고 그럴 줄 알았는데……. 뭐라고 할까? 아! 그냥 체력은 줄고 자제력이 좀 늘었다고 하면 맞을 거 같아.

쉰 살이 되면 인생 후반부의 시작 정도라고 생각할 것 같지만 그렇지 않아. 생각보다 괜찮아. 새로운 인생이 시작되는 느낌?! 어떻게 보면 30~40대보다 지금이 더 괜찮은 거 같은데? 30~40대에는 붙잡고 있던 쓸데없는 고집이나 자존심 때문에 인상이 편해 보이지 않았는데 그런 것들을 많이 놔버리니까 내가 봐도 이제 내 인상이 편안해 보이는 게, 가끔 잘생겼다는 얘기도 듣는다니까?! 이럴 줄 알았으면 더 일찍 놔버릴걸. ㅎㅎㅎㅎ

스무 살 나에게 해주고 싶은 말들, 참고해!

일단 패션에 관심을 가져봐. 살아보니까 옷 잘 입는 센스를 가지고 있는 사람은 기본적으로 점수를 먹고 들어가더라. 그리고 요리도 시간 날 때 꾸준히 배워두면 진짜 좋을 듯해. 그러면 써먹기 좋은 순간이 분명히 올 거야. 특히 사랑하는 사람을 감동시키기에 좋은 필살기지. 몸무게 관리는 꾸준히 하는 게 좋아. 건강은 물론이고 한결같은 사람의 이미지는 언제 봐도 변하지 않는 겉모습에서 먼저 나오거든. 사실 내가 그러지 못해서 제일 아쉬운 점이야. 그렇게 유지하는 사람들을 보니까 정말 멋있고 아름답고 부럽더라고.

맘에 드는 이성이 있으면 주저하지 말고 고백해. 그 나이에 열정적인 연애의 경험은 네 스스로의 감정을 알게 되는 데 많은 도움이 될 거야. 그리고 이별할 때는 반드시 쿨하게 헤어지고. 알았지? 내가 그러지 못한 적이 있어서, 지금 생각해도 민망하다. 그렇게 지질할 수가 없었어. 그리고 어차피 결혼할 여자는 정해져 있으니까, 죽고 못 살겠다고 감정 소비하지 말고 연애 그 자체를 즐겨.

술을 엄청 마시고 있지? 친구도 좋고 새롭게 주어진 자유로운 환경도 좋고 딱 술 마시기 좋지. 근데 지나고 보니 인생에서 아슬아슬했던 적이 몇 번 있는데 그게 다 술 때문이었던 거야. 내 인생의 길이 뒤바뀔 수도 있었던, 말 그대로 아찔했던 순간들. 사건 사고는 맨 정신에 생기기 쉽지 않거든. 그러니까 할 수만 있다면 술을 적당히만 즐기길. 난 쉰 살이 돼서야 그게 조금 가능해졌어. 적당히 잘 즐기면 술은 더없이 좋은 친구가 될 수 있어.

20대에는 사회생활을 시작하면서 사람들과의 관계가 생기기 시작하지. 대학교 친구들, 직장 동료, 군대 동기, 여기저기서 소개받은 사람들까지. 아마 정신 차리지 못할 정도로 다양한 사람들이 네 머리와 마음을 혼란스럽게 할 거야. 근데 이건 미리 말해도 와 닿지 않을 거야. 왜냐하면 인간관계는 직접 경험해 보고 터득해야만 알 수 있는 거라서, 매뉴얼이 따로 없어. 평생을 함께할 것 같았던 친구가 어이없이 날 이용하기도 하고, 내 편인 줄 알았던 사람이 한순간에 배신하고 가버리기도 해. 물론 네가 한 행동이나 말 때문에 상처받고 실망해서 인연이 끊어지는 경우도 있지.

조심스런 말이지만, 사람한테 너무 많은 기대를 하지 마. 기대가 크면 상처가 생기고 어느 순간 그 상처가 깊어지기 시작하고 그 사람과의 인연의 끈은 점점 얇아지게 될 거야. 주위에 있는 사람들은 살면서 여러 번 바뀔 거야. 네 생각이나 바람과 상관없이 말이야. 살아보니 죽자 사자 열심히 하면 뜻대로 되는 것들이 있지만, 인간관계는 노력해도 내 맘대로 되지 않더라고. 뭐 그렇다고 일부러 비겁하게 관계를 피하거나 벽을 쌓으라는 건 아니야. 그건 바보 같은 일이야. 매도 먼저 맞는 게 낫다고 겪어보고 단련해 가다 보면 감정의 굳은살이 생기고 유연해질 거야. 사람들로 인해 위로와 힘을 얻을 수 있다는 것도 알아가게 될 거고. 너도 사람들에게 위로와 힘이 되는 사람이 되길 바라.

그리고 어떤 문제가 생겼을 때, 눈앞의 작은 이익을 위해서 움직이지 마. 감정이 격해진 상황에서 해결하려고 하지도 말고. 그러면 분명히 나중에 후회를 하게 되거나 불이익이 오더라고. 쉰 살이 다 돼서 알게 된 건데, 그런 갈등의 순간엔 도덕적으로 가장 옳은 선택을 하는 게 제일 현명하더라. 마음이 불편하지 않은 쪽으로 말이지.

한 가지만 더. 넌 그때부터 모험과 도전을 멈추지 않을 거야. 그건 정말 잘하는 거니까 망설이지 말고 너 자신을 믿고 끝까지 밀고 나가. 그러면 네 눈앞에 새로운 세상이 널 맞이할 거야. 걱정하지 말고 조바심 내지 말고 너한테 주어진 하루하루를 즐겨. 그러면 그 하루하루들이 모여서 너의 멋진 인생이 될 거야.

그리고 진짜 마지막! 어머니한테 잘해라. 돌아가시고 나니까 어머니와의 좋았던 추억보다 속상하게 했던 기억만 떠올라 후회만 남더라.

국가 유공자 아버지

아버지는 직업 군인이셨다. 이등병으로 입대해서 소령으로 예편한 이른바 갑종이셨다. 나중에 들어보니 정말 보기 드문 경우이고 대단하신 거라고들 했다. 하긴 군에 입대해서 병장 제대만 하는 데도 시간이 그렇게 안 가는데, 소령까지 달고 월남전에도 참전하셨다니 애국심이 남달랐거나 군인 체질이 아니셨을까? 어쩌면 처자식을 먹여살려야 하는 가장으로서의 책임감이 가장 컸을 것이다.

가족들과 함께 아버지 산소를 찾은 어떤 날이었다.

"근데 엄마, 아버지는 군 생활도 오래 하고 월남전도 다녀오셨는데 왜 일반 묘지에 계신 거야? 국가 유공자 자격이 있는 거 아냐?"

"몰라. 네 아빠가 그런 거 잘 못 챙겼어, 원래. 나는 잘 모르니까 아빠가 안 하면 '뭐가 안 되는구나' 했지 뭐."

잘은 몰라도 그 정도 군 생활에 월남전에도 다녀오셨으면 충분히 유공자가 될 자격이 있을 것 같은데, 아마도 아버지는 당신께서 갑자기 돌아가실 생각을 못 해서 준비를 하지 못한 게 아니었을까? 아버지가 돌아가신 뒤 어머니는 자식들 먹여 살리느라 이런 의문을 가져볼 겨를이 없으셨을 게 뻔했다.

개그맨이 된 이후 시작한 사회인 야구팀에서 친선 경기를 하던 중 한번은 충남에 있는 계룡대 야구팀과 경기를 할 기회가 생겼다. 그중 헌병대 수사과에 있는 형님이 그 팀 감독, 나도 우리 팀 감독이어서 서로 친해지게 되었다. 그 형님과 자주 연락도 하면서 친분을 쌓다가 아버지 얘기를 슬쩍 해봤더니 "어? 그 정도면 충분히 국가 유공자 자격이 되실 거 같은데? 혹시 아버지 군번 알고 있니?"라고 물었다.

그때 뭔가 희망이 생기는 듯한 느낌이 들었다.

그리고 일주일 정도가 지나고 형님에게 전화가 걸려 왔다.

"태균아, 아버지 자료가 있더라. 근데 아버지께서 월남에 다녀오고 병을 얻어서 군 병원에서 수술을 받으셨더라고."

어머니한테도 들어본 적 없는 얘기였다.

"암이었던 것 같아. 종양 제거 수술을 받고 그때쯤 제대를 하신 것 같아. 암튼 아버지 병상 기록을 보내줄 테니까 확인해 보고 어떻게 할지 고민해 보자."

"네, 형님 감사합니다."

어머니께는 말씀드리지 않고 아버지 진료 기록을 방 안에서 조용히 펼쳐 보았다. 한 장 두 장 넘기면서 왠지 모르게 긴장도 되고, 눈에선 어느새 따뜻한 눈물이 눈동자를 감싸기 시작했다. 뭐라고 할까? 그 시절의 아버지를 만나는 것 같은 느낌?

기록을 보니 아버지는 월남에 다녀오고부터 군 병원에서 자주 진료를 받았고, 결국 암 진단을 받으셨다고 나와 있었다. 아버지가 수술을 받을 당시 보호자 동의란에 본인의 이름을 적으신 자필 서명을 봤을 때는 참았던 눈물이 왈칵 쏟아졌다. 어머니께 그 사실을 알리지 않고 조용히 혼자 수술대에 올랐던 상황이었다고 생각하니 그 심정이 어땠을까 싶었다. 혹시라도 어머니 깨실까 봐 이불에 얼굴을 파묻고 한참을 울었다.

아버지 생각에 밤을 꼬박 새웠다.

"태균아~, 아버지 돌아가실 때 병명이 뭐였지?"

그 형님을 다시 만났다.

"침샘암이오."

"군 생활 당시 얻었던 병으로 돌아가셨다는 사실이 입증되면 유공자가 될 가능성이 있다는 거지. 좋다. 그럼 일단 보훈청을 상대로 소송을 내자. 될 것 같아! 한번 해보자."

그 뒤로 소송 절차는 일사분란하게 이루어졌다. 변호사를 선임해서 해야 하는 일이지만 잘 아는 법무관의 조언을 듣고 내가 직접 준비 서면을 작성했다. 당시는 어떤 변호사가 해도 아들인 나만큼은 간절하지 못할 것 같다는 생각이었다. 그렇게 진행된 재판은 몇 번의 기일이 잡히고 몇 번의 준비 서면을 제출하며 1년 가까이 걸려 드디어 판결하는 날이 잡혔다. 판사는 우리의 손을 들어줬다.

"엄마! 됐어! 이제 아버지 국가 유공자 되시는 거야. 아버지 현충원으로 가시는 거야."

변호사도 없이 내가 직접 소송을 해서 승소하다니. 내가 봐도 내가 참 대견했다.

그 뒤로 정확히 한 달이 채 지나기 직전, 법원에서 항소장이 날아왔다. 국가보훈처에서 항소를 한 것이다. 한 달 동안 계속된 감격이 무색해지는 순간이었다.

재판은 고등 법원으로 올라갔다. 더 많은 증거 자료를 어떻게든 찾아 준비 서면에 첨부하고, 제출하고, 재판 기일에 어머니랑 함께 참석하기를 반복한 지 2년 가까이 지나갔다. 법원에 출석할 때마다 어머니는 판사 앞 피해자석에 앉으셨고 판사나 원고 측이 하는 날카로운 질문에 대답해야 하는 상황이 발생하기도 했다. 어머니는 그때마다 긴장을 하셨는지 목소리가 많이 떨렸고 대답을 제대로 못하기도 했다. 객석에 있던 내가 보다 못해 일어나서 발언을 하려다가 판사에게 제지당하는 해프닝도 있었다. 순간 '고등 법원 항소심 때는 변호사를 썼어야 했나?'라는 생각에 어머니를 고생시키는 것 같아서 죄송한 마음이 들었다.

재판이 2년을 넘어가는 어느 날, 드디어 판결 날짜가 잡혔고 고등 법원 판사는 애석하게도 보훈처의 손을 들어줬다. 그렇게까지 막아서는 나라가 원망스럽고 분했다. 이유는 제대 당시의 진단명과 사망 당시의 진단명이 같다는 정확한 증거가 없다는 거였다. 2년 전보다 어머니의 주름이 더 늘어 보였다.

"태균아, 여기까지 하자. 아빠도 충분히 네 맘을 알 거야."

"엄마, 자식 된 도리로 최선을 다하고 싶어요. 돈이 문제가 아닌 것 같아요."

재판은 결국 우리 측의 상고로 대법원까지 올라갔다.

대법원 재판은 변호사 없이는 아예 불가능하기 때문에 변호사 선임이 급선무였다. 대법원 상고심은 주심 대법관이 정해지고 재판부 여러 명이 함께 상고 이유에 대해 법리 검토를 철저히 하기 때문에 변호사가 상고 이유를 법리적으로 논리정연하게 작성하는 게 제일 중요하고, 거기다 결정적인 증거까지 제출하면 좋은 결과를 기대해 볼 만하다고 했다.

변호사를 만났다.

"일단 그동안 재판 진행했던 자료를 모두 주시고요."

"네, 여기 있습니다. 아버지 유공자 되시는 게 가능할까요?"

"모르죠. 일단 자료를 제가 잘 살펴보고 상고 이유서를 잘 써야 하는 게 제일 중요합니다. 근데 고등 법원까지 준비 서면, 답변서를 직접 다 하신 거예요?"

"네, 그냥 그렇게 하고 싶었습니다. 그래서 고등 법원에서 졌잖아요."

"그래도 대단하시네요. 쉽지 않은 일인데……. 이젠 저한테 맡기세요."

"잘 부탁드립니다."

그날은 날씨가 정말 좋았던 걸로 기억한다. 방청객들과 깔깔거리며 신나게 생방송을 진행하고 있는데 휴대폰 문자 알림 진동이 울렸다. 아버지 재판을 맡고 있는 변호사의 문자였다.

"아버지 사건 기각되었습니다."

기각? 기각이라면 안 됐다는 얘기 아닌가? 답 문자를 보냈다.

"그럼 우리가 졌다는 이야기인가요?"

"아니에요. 고등 법원의 판결을 기각하고 다시 내려 보냈다는 얘기입니다."

생방송 중이었기 때문에 휴대폰을 들고 방송을 진행했다. 뭐라고 멘트를 하는지도 모르겠고 온통 신경은 휴대폰에만 가 있었다. 다시 문자가 도착했다.

"그러니까 아버님이 국가 유공자 되신 겁니다. 축하드려요."

반사적으로, 너무 기쁜 나머지 방송이고 뭐고 일단 "이야!!! 됐어" 소리를 질렀다.

옆에 있던 찬우 형이 생방송 중에 소리를 지르니까 이상해 보였는지 나지막이 물었다.

"야! 너 왜 그래?"

문자를 보여줬더니, 바로 방송 중에 얘기를 해버렸다.

"여러분, 너무 기쁜 일이 있어서 얘기를 안 할 수가 없네요. 김태균 씨 아버지 재판 결과가 지금 나왔는데요. 아버님이 국가 유공자가 되셨답니다. 축하해 주세요."

방청객들의 박수와 환호 그리고 청취자들의 축하 문자가 쏟아졌다. 순간 울컥해서 눈물이 왈칵 쏟아지려고 하는 걸 겨우겨우 참았다. 변호사의 문자를 몇 번이고 다시 확인하고 볼도 한번 때려보니 진짜 현실이었다. 바로 어머니께 전화를 걸었다.

"어? 태균아, 너 방송 중 아니냐? 왜 전화했어?"

"엄마~ 아버지 국가 유공자 되셨어!"

"진짜냐? 아이고 잘됐다. 네가 고생이 많았다. 아이고 감사합니다. 하나님!"

"엄마 이따 방송 끝나고 전화 다시 할게요."

그렇게 3년 반이 걸린 기나긴 재판은 막을 내렸다.

아버지는 2008년 봄날, 일반 장지에서 대전 현충원으로 모셔졌다. 그날 어머니는 내 품에 안겨 한참 동안 기쁨의 눈물을 흘리셨다.

웃지 못하던 단 한 사람

내 공연을 보러 온 관객들은 공연 내내 정말 웃기 바쁘다.

손뼉을 치며 웃는 사람

너무 웃겨서 눈물을 흘리는 사람

옆 사람을 막 때려가며 웃는 사람

크게 소리 내어 웃는 사람

무대 위에서 공연하며 다양한 모습으로 웃고 있는 관객들을 보면 너무 행복하다.

객석에 앉아 내 공연을 보면서 웃지 못하던 사람이 있다.

20년 동안 공연하면서 객석에 앉아 웃지 못했던 사람을 본 건 오직 그 사람뿐이었다.

공연을 보는 내내 남들은 다 웃고 난리가 나도 그 사람은 시종일관 걱정스러운 표정으로 내게서 시선을 떼지 않았다.

지금도 그 관객의 모습은 너무도 생생하다.

아니 그 관객이 너무도 그립다.

웃지 못하던 단 한 사람.

어머니.

엄마 생각

하루에도 몇 번씩

예고 없이

불쑥불쑥

눈앞에 보이는

엄마 생각

흰머리 파마 고운 할머니

옷 잘 입은 아주머니

보라색

연보라색

주황색

연두색

간장게장

훼미리 주스 병

녹차라테

생선가스

장어구이

조기찌개

연분홍

꽃이란 꽃은 모조리

고무나무

군자란

제라늄

밍크 목도리

백화점 엄마들 옷 파는 매장

구두약

팥죽

비비빅

호박죽

설탕국수

보온병

밤

성경책

찬송가

누룽지

꽁치김치찌개

종암동

상월곡동

성북구

태릉갈비

홍릉갈비

부르마블

철인28호

티라노 사우르스

유부초밥

하얀 철제 옷걸이

기타

돼지갈비

지하실

연탄

피자

장마

비

마당 있는 옛날 연립 주택

석유곤로

등화관제

제주도 칼 호텔, 신라 호텔, 천제연 폭포, 공룡 박물관, 여미지 식물원

교회

짠지

멸치볶음

매실청

동태전

밴댕이젓

조개젓

토하젓

갈치조림

고등어조림

간장볶음밥

종로2가

고대병원

전원주

강부자

선우용녀

나문희

쥐

가죽 반부츠

돌침대

내부순환로

내 손가락

내 손

내 발가락

내 발등

내 발톱

내 얼굴

주변 정리

어머니가 돌아가셨다.

정신을 잃고 응급으로 병원에 실려 오신 지 보름 만이었다. 의식이 돌아오지 않은 채 중환자실에 누워만 계시다가 목소리도 한 번 안 들려주고 눈도 한 번 안 마주쳐주고 떠나버리셨다. 사망 선고가 있기 바로 전, 먼발치에서 어머니를 바라보다가 갑자기 무언가에 이끌려 어머니 귀에다 대고 속삭였다.

"엄마 사랑해요. 엄마 자식으로 태어나고 살게 해줘서 고마워요. 우리 4남매 키워내느라 얼마나 고생했을까? 불쌍한 울 엄마, 엄마, 엄마…… 사랑해요. 다음 세상에서는 엄마가 내 딸로 태어나요. 내가 엄청 사랑해 줄 테니까. 응? 알았지 엄마, 엄마…… 사랑해요. 이제 아프지 말고 편히 쉬어요. 엄마 잘 살게요. 엄...마 사랑해요."

순간 어머니 눈에서 따뜻한 눈물 한 방울이 흘러내렸다. 그리고…… 바로 사망 선고가 내려졌다. 떠나시기 전 아들 목소리가 듣고 싶어서 어머니가 나를 끌어당긴 걸까? 떠나시기 전 아들 목소리를 듣고 눈물을 흘린 걸까? 그렇게 믿고 싶다. 어머니의 마지막 눈물이, 그 따뜻한 한 방울이 어머니의 마지막 인사였다.

장례는 4일장으로 치러졌다. 3일째 되는 날이 주일이라 하루 더 연장해서 월요일에 발인을 하기로 했다. 당시 매주 금·토·일요일에 일이 있었는데 이상하게 딱 그 주에 일이 캔슬되고 미뤄지면서 다행히도 사흘이 주어졌다. 혹시 어머니가 아들 스케줄까지 봐가면서 돌아가셨나? 떠나시는 어머니의 아들을 위한 마지막 배려였다.

장례를 치르는 동안 내 주변에 있던 사람들이 장례식장에서 하는 행동을 가만히 보니 그동안 보이지 않던 모습이 너무도 선명하게 눈에 보였다. 일부러 어떻게 행동하나 보려고 한 것도 아닌데 본인들이 난 이런 사람이라고 얘기하는 것처럼 행동으로 표정으로 그리고 말로 자신을 표현했다. 부모님은 누구에게나 소중하지만 나에게 어머니란 의미를 분명히 아는 주변 사람들이 어머니 장례식장에서, 어머니 영정 앞에서 하는 행동은 진심이고 그 사람 자체일 것이다.

소식을 듣고 한걸음에 달려와 장례식 내내 자리를 지키며 나 대신 손님을 맞아주던 친구는 4일 내내 가부좌를 틀고 앉아 있어서 양쪽 발에 욕창이 생겼다. 다양한 분야에서 찾아온 조문객에게 자기 명함을 돌려서 사람들을 당황하게 만들었던 친구, 장례식장 좌석에는 앉지도 못하고 4일 내내 나와 우리 가족들 상황을 살피고 커피를 사다 나르던 동생들, 장례식장이 술집인 듯 인사불성이 될 정도로 마시고 진상 부리다 결국엔 쓰러져 자던 형님, 내가 오래전부터 계획하고 준비한 영정 사진을 보고 이 사진 별로라면서 다른 사진 없느냐고 묻고는 장례식장에 조문 온 연예인이랑 사진 찍기 바빴던 이모, 먼 부산에서 일 제쳐두고 달려와 4일 내내 상주 옆자리를 묵묵히 지켜주셔서 든든했던 큰집 사촌 형님 등등.

그렇게 4일간의 장례를 치르는 동안 주변 사람들의 정리가 자연스럽게 되었다.

어머니가 남겨준 마지막 선물이었다.

젠장 1

신인 시절, 라디오 프로그램에 게스트로 정말 많이 다녔다.

방송국에서 피디들을 마주 칠 때마다 큰 소리로 인사를 참 열심히도 했다.

그런데 유독 내 인사를 안 받는, 아니 아예 '개무시'하는 피디가 있었다.

분명 눈앞에서 웃으면서 큰 소리로 "안녕하세요? 개그맨 김태균입니다" 하고 꾸벅 인사를 하면 대꾸도 없이 귀찮다는 표정으로 휙 지나가 버렸다. 한두 번도 아니고 볼 때마다 그러니까 아주 환장할 노릇이었다.

'자기가 피디면 피디지, 면전에서 사람을 이렇게 무시해도 되나?'

진짜 기분이 더러웠다.

그때부터 독기를 품고 복수의 칼을 갈았다.

'기다려라! 내가 잘돼서 나타날 테니까. 그때 내가 아주 면전에서 개무시해 주겠어!'

몇 년 뒤 한 라디오 프로그램에 초대됐다. 당시 소위 잘나가는 연예인들이 나간다는 프로였는데 스튜디오에 도착해 보니 담당 피디가 날 무시하던 바로 그 피디였다.

갑자기 닥친 상황이어서 우물쭈물하는 사이.

"어이구~ 김태균 씨 어서 오세요. 요즘 너무 재밌어요. 바쁘실 텐데 이렇게 우리 프로에도 나와주시고, 하하하 영광입니다. 오늘 잘 부탁해요."

……

젠장!!!!!

젠장 2

'개같이 벌어서 정승같이 써라'라는 말의 뜻은 '직업의 귀천을 따질 것 없이 악착같이 돈을 벌고 그것으로 여유 있고 고상하게 살면 된다는 말'이라고 사전에 적혀 있다. 개처럼까지는 아니어도 나름 열심히 벌긴 했는데, 돈을 쓸 때는 여전히 정승 같지 못하다.

뭐라고 해야 할까? 그래, 좀스러웠다. 열심히 벌었으면 나를 위해서, 가족을 위해서 멋지게 쓸 수 있어야 하는데 그러질 못했다.

연애 때 이야기다. 아내는 '백'을 좋아한다. 일찍부터 스타일리스트로 일을 해온 터라 본인이 벌어서 산, 요즘 말로 '내 돈 내 산' 명품 백들을 갖고 있었다. 한번은 그냥 궁금해서 들고 온 백을 보고 물었다.

"이런 백은 얼마나 해? 한 백만 원 하나?"

"어~ 백만 원."

"진짜?"

내 딴에는 정말 큰 금액을 부른 건데, 많이 놀랐다.

함께 길을 걷다가 명품 숍에 진열된 백을 관심 있게 보기에 물었다.

"저런 건 얼마나 해?"

"어~ 백만 원."

그 뒤로 몇 번 물어도 아내의 대답은 똑같았다.

"어~ 백만 원."

몇 달 뒤 정말 큰맘 먹고 준비한 봉투를 내밀었다.

"여기~ 받아."

"이거 뭐야?"

"백만 원. 네가 좋아하는 백 하나 사."

아내는 기가 찬 듯 웃으며

"오빠! 백만 원으로는 명품 백 못 사."

"어? 네가 백만 원이라며?"

"오빠가 자꾸 물어보니까 그냥 백만 원이라고 한 거야."

.

.

.

젠장…….

젠장 3

모르겠다. 그땐 왜 그랬는지.

그냥 화가 치밀어 올랐다.

내가 한 일을 누군가가 지적하면 그게 그렇게 싫었다.

충고를 받아들일 줄 모르고 독기만 바짝 올라서는

"내가 알아서 한다고!"

쓴소리를 들을 때마다 목구멍까지 올라온 이 소리를 내뱉지 못하고 주먹으로 벽을 쳤다.

"내가 알아서 한다고!"

그런 말을 해주는 사람이 싫었던 게 아니다.

그런 말을 듣는 내가 싫었고 바보 같았다.

치밀어 올라 벽을 쳤다. 치고 또 쳤다.

가만히 잘 있는 세상을 향해 내가 쌓아버린 벽. 그 벽을 허물고 싶었다.

왜 그렇게 쓸데없는 자존심으로 단단해졌을까?

왜 더 유연하지 못했을까?

벽 치던 시절, 주먹에 상처가 생겼다.

그 상처를 볼 때마다 주먹이 욕을 한다.

"뭘 봐? 이런 젠장!"

젠장 4

남들이 나한테 뭐라고 하는 게 그렇게 싫은 놈이, 지금 하는 일이 뭐야.

방송하고, 공연하고, 책 쓰고…….

쓴소리든 단소리든 헛소리든

다 남들이 나한테 뭐라고 해줘야

가치 있는 일인데…….

.

.

젠장…….

젠장 5

아내랑 연애하기 전, 개그맨과 스타일리스트로 함께 지방 공연을 다닐 때 아내의 기억이다. 고속도로 휴게소에서 스태프가 식사를 하곤 했는데 그날 그 휴게소 밥이 별로였는지 아내는 그만 먹고 나가서 바나나 우유를 마시고 있었다. 식사를 마친 내가 아내를 보고 말을 걸었다.

"밥 먹었니?"

"아니, 맛없어서 안 먹었는데."

"야! 밥을 맛으로 먹니?"

그러고는 가버렸다고 한다. 아내는 그 말이 너무 기억에 남는다고 했다.

'아니 밥을 맛으로 먹지, 뭘로 먹어? 뭔 소리야? 이상한 오빠네.'

그때까지 나에게 밥은 허기를 달래는, 말 그대로 끼니일 뿐이었다. 시간 내고 돈 내서 비싸고 맛있는 거 먹으러 다니는 것 자체가 나와는 어울리지 않는, 딴 세상의 일이라고 생각했다. 그 날 주어진 한 끼가 맛있으면 고맙지만 맛없어도 불만 없이 배를 채웠다. 살면서 가장 맛있었던 건 엄마의 김치찌개와 밑반찬들이었다.

나의 이런 생활 밀착형 입맛은 내게 최고의 요리사였던 엄마가 돌아가시고 나서 바뀌었다. TV에 맛집이 나오면 어떻게든 찾아가서 줄을 서서라도 꼭 먹기도 하고, SNS에 올라온 맛난 음식 레시피를 보면 아내에게 그대로 만들어 달라고 조르기도 한다. 이제 맛있는 한 끼라면 돈과 시간을 흔쾌히 투자할 수 있다.

세상에 음식이, 밥이, 한 끼가 이렇게 맛있는 거였다!!

젠장…….

.

.

'엄마 미안.'

4

우린
제법 잘 어울려

인연은 한 번에 스치고 지나가는 게 아니다.
주위를 맴돌다 조금씩 가까워지면서 서로를 끌어당기기도,
밀어내기도 한다.

인연은 다가와 연인이 되었다

프로그램을 통해 처음 알게 된 그녀는 우리 팀의 스타일리스트가 되어 공연 의상을 챙기거나 제작하기도 하고, 때로는 방송 출연 메이크업과 스타일링 일을 하게 되었다. 그녀와 나는 당연히 자연스럽게 자주 보는 사이가 되었다. 그렇게 한동안 일을 같이하면서 우리는 친한 오빠와 동생 사이가 됐다,

그렇게 2년 정도 흘렀을 때, 그녀는 또 다른 좋은 기회가 생겨 우리 팀의 일을 그만두게 되었다. 우리보다 더 좋은 조건에서 하고 싶은 일을 하게 된다는데, 얼마나 잘된 일인가?

"잘됐다. 그래도 가끔 놀러 와~."

"그럴게, 오빠. 그동안 고마웠어."

한마디 더 하고 싶었는데, 상황도 그렇고 마음속에만 담아두었다.

'이상하게 보고 싶을 것 같다.'

그렇게 그녀와 나는 자주 보던 사이에서 가끔 보는 사이가 되었다.

그 뒤로 우리 공연 팀원의 생일 파티에서 몇 개월에 한 번씩 그녀를 다시 볼 수 있었다. 그렇게 가끔씩 보게 되면서 같이 일할 때와는 조금 다른 느낌이 들기 시작했다. 근데 문제는 우리가 '너무 가끔' 본다는 데 있었다. 요즘 말로 '썸'이라는 건 자주 봐야 발전할 수 있는 건데 거의 분기에 한 번 정도 보니 모든 것이 애매했다.

어떤 사랑을 해도 어색하지 않을 만큼 충분히 젊었던 우리 두 사람. 이후로도 오랜만에 만나면 둘 중 한 사람이 만나는 사람이 있거나, 혹은 둘 다 만나는 사람이 있거나 했다. '우리는 인연이 아닌가 보다'라는 생각이 자연스럽게 들 정도였다.

그런 루틴으로 3년 정도 지났을까? 압구정동에서 지인들을 만나고 있는데, 옆 테이블에서 그녀가 친구들과 자리를 하고 있었다. 일이나 약속 없이 우연히 그녀를 본 건 그때가 처음이었다. 특히 강남에 갈 일이 별로 없는 나이기에 그곳에서 만날 확률은 진짜 낮은 상황이었다.

그렇게 각자 자리에서 만남을 마무리하고 나오는데 그녀가 말을 건넸다.

"오빠, 한잔 더 하러 갈 건데 같이 갈래?"

왠지 이 기회를 놓치면 안 될 것 같았다.

"그래~ 친구랑 같이 갈게."

날씨가 제법 쌀쌀했다. 따뜻한 국물이 있는 곳으로 갈까 하는 중에 저 앞에 있는 작은 어묵 바에서 김이 모락모락 뿜어져 나왔다. 마치 대단한 호객행위를 하는 듯, 그 온기가 너무도 따뜻해 안 들어갈 수가 없었다. 반지하에 어묵을 끓이고 있는 메인 공간을 원목 바가 둘러싸고 있는 아담한 가게였다.

"근데 진짜 웃긴다. 우연히 만나다니, 그것도 강남에서."

"그러니까 오빠. 오빤 강남 잘 안 오잖아."

"맞아. 하하하하."

적당히 분위기 좋게 마시고 헤어지면서 물었다.

"내일 영화나 같이 볼래?"

"그래~ 전화해."

둘 다 그 순간은 만나는 사람이 없다는 질문과 대답이었다.

인연은 한 번에 스치고 지나가는 게 아니다. 주위를 맴돌다 조금씩 가까워지면서 서로를 끌어당기기도, 밀어내기도 한다. 그동안 서로를 생각하는 마음의 크기가 적당히 버틸 만하면 그냥 그런 인연으로 남고, 그 마음의 크기가 감당할 수 없을 만큼 커지면 연인이 되는 것 같다.

그렇게 그날의 인연은 천천히 다가와 연인이 되었다.

프러포즈

완전한 비혼주의자는 아니어도 난 결혼을 하지 않을 생각이었다. 특별한 이유는 없이, 그냥 안 하는 게 편할 것 같다는 말을 종종 하고 다녔다. 이 말은 당시 공식적인 내 입장일 뿐, 솔직히 마음속에는 쉽게 드러내기 힘든 나만의 이유가 있었다.

아버지가 돌아가시고 어린 4남매를 홀로 키우시느라 강인한 듯 보이지만 애지중지 키운 막내아들을 어머니가 쉽게 출가시키지 못할 것 같았다. 그리고 결혼도 안 했고, 하는 일도 마땅치 않아서 늘 어머니의 아픈 손가락인 우리 큰형. 그렇게 두 분만 집에 있으면 호통 치는 어머니와 도망 다니는 형 때문에 조용한 날이 없었다. 그나마 내가 집에 있으면 어머니와 형의 중개 역할을 해서 조용했는데 두 분만 놔두고 내가 결혼해서 나가버리면 어머니도 형도 분명 엄청 스트레스를 받을 게 눈에 선했다.

어머니와 형이 함께 사는 게 결혼 조건이라면 어떤 여자도 쉽게 결정하지 못할 게 뻔했기 때문에 구차하게 이러이러해서 결혼을 안 한다고는 언급하지 않았고, 그냥 복잡한 결혼을 하지 않고 편하게 살고 싶다고 둘러대곤 했다.

연애를 할 때마다 상대가 물어보지도 않는데 “난 결혼 생각 없으니까 알고 있어”라고 먼저 얘기하곤 했다. 매번 그런 식으로 결혼의 벽을 쳐놓고 연애를 시작했다. 지금의 아내와 연애할 때도 마찬가지였다. 그랬더니 아내는 “그래~ 알았어. 그럼 연애만 해”라고 쿨하게 얘기했다.

그렇게 아내와는 3년간 연애를 이어갔다. 그 사이에 결혼 얘기는 서로 일절 꺼내지 않았다. 그런데 이전엔 뭘 해도 마음 한구석이 늘 허전하고 만족이 없었는데, 뭔가 그 허전함이 채워져 가는 느낌이 들었다. 스스로에 대한 후회나 불만 같은 게 사라지는 것도 같았다. ‘이게 뭐지? 왜 이런 거지?’ 아무리 생각해도 달라진 건 아내를 만나고 있다는 것밖에 없었다. 순간, 결혼이란 게 하고 싶어졌다.

서프라이즈로 프러포즈를 준비했다. 공연장에서 콘서트를 하다가 나의 솔로 무대 때 갑자기 무대로 불러내서 노래를 부르며 프러포즈를 하는 시나리오였다. 당시 아내는 웬만하면 내가 공연하고 있을 때 무대 옆에서 보고 있었기 때문에 매니저 두 명이 양 옆에 서 있다가 내가 신호를 하면 바로 끌고 무대로 나오기로 했다. 그러지 않으면 아내는 분명 안 나오고 도망갈 게 뻔했다.

드디어 순서가 다가오고, 공연을 보고 있던 아내의 양 옆에 매니저들이 자연스럽게 자리를 잡았다.

"여러분, 오늘 제가 이 자리에서 프러포즈를 할 겁니다. 전혀 모르고 있었을 거예요. 오~ 떨리네요. 지금까지는 하나도 안 떨렸는데 여러분이 응원 많이 해주세요. 자, 소개합니다. 나와주세요."

아내가 있는 쪽으로 시선을 돌리며 손을 내밀었는데 아내는 없고 매니저 둘만 당황한 표정으로 손사래를 치고 있었다. 아내가 이미 눈치채고 도망가 버린 거였다.

"하하하하하. 이 친구가 낯을 많이 가려서요. 도망가 버렸나 봅니다. 뭐 멀리는 안 갔을 것 같고 공연장 어딘가에서 보고 있겠죠. 듣고 있지? 너랑 결혼하기 위해서 이렇게 돌아 돌아 왔나 보다. 기다려줘서 고마워. 노래 들어봐."

그때 불렀던 노래는 김현식의 '기다리겠소'였다. 공연이 끝난 후 매니저들은 "순간 저희 둘 팔을 뿌리치시는데 힘이, 힘이 장난 아니었어요. 달리기는 어찌나 빠르신지" 하며 실패 이유를 설명했다. 아내에게 왜 도망갔느냐고 물어보니까 그럼 자기가 무대에 나갈 줄 알았냐며, 아직도 자기를 모르느냐면서 민망스럽게 그런 걸 왜 하느냐고 오히려 구박을 했다.

"오빠, 노래는 잘 들었고 고마워. 그런데 오빠가 이미 프러포즈했거든! 기억 안 나? 지난번 공연 끝나고 순댓국집에서 오빠가 술 마시다가 갑자기 나한테 결혼하자고 한 거? 난 그거 프러포즈라고 생각했는데! 그리고 오늘보다 그게 더 좋았어, 난."

'결혼이란 걸 하고 싶다'란 생각이 마음과 머리를 지배하다가 갑자기 술기운에 입으로 나와버린 게 프러포즈가 됐던 것이다. 멋대가리 없이 순댓국집에서…….

음…… 사실……

기억이 안 난다.

후유증

"내가 돈 못 벌어 와도 우리 집은 걱정 없어. 당신이 택시 기사 하면 되니까."

얼마 전 아내가 운전하는 차를 타고 가다가 조수석에 앉아서 했던 얘기다. 아내가 운전하는 차를 타고 있으면 안정감 있고 편안하다. 조급하게 급브레이크를 밟거나 가속 페달을 세게 밟지도 않는다. 운전 시야가 넓어서 돌발 상황이 생겨도 여유 있게 잘 대처한다. 특히 아내는 한번 가본 길은 절대 까먹지 않기 때문에 서울 길은 웬만하면 내비게이션 없이 다니는 편이다. 함께 어디를 가면 대부분 아내가 운전을 하는데, 목적지까지 안전하고 정확하게 가기 위해 난 옆에서 늘 내비게이션을 켠다. 그러면 어김없이 아내가 제지한다.

"정신없으니까 꺼! 내가 가다가 모르면 말할게. 그때 켜줘."

하지만 난 출발 때부터 꼭 내비게이션을 켜야 안심이 된다. 아내가 끄라고 해도 끄는 척만 하고 볼륨을 낮춰 안 들리게 한 다음 살짝살짝 보면서 잘 가고 있는지를 확인한다. 신기한 건 아내가 내비게이션이 모르는 지름길, 골목길을 너무 잘 알고 있어서 내비게이션의 예정 시간보다 빨리 도착한 적이 한두 번이 아니란 거다.

아내는 25년 무사고 베스트 드라이버다. 단, 아내와 나만 아는 비공식적 인사 사고가 딱 한 번 있었다. 연애 시절, 아내만 차가 있어서 내가 공연을 하고 있으면 고맙게도 항상 나를 데리러 왔다. 서로의 일을 끝내고 만나서 밥 같이 먹고 아내가 날 집까지 태워다 주는 차 안에서의 데이트. 그날도 밥을 같이 먹고 아내는 나를 태워다 주기 위해 주차되어 있는 차를 빼고 있었다. 나는 후진하는 아내의 차 뒤로 다른 차가 지나가는지 봐주고 있었고 사고는 이때 벌어졌다. 아내는 내가 뒤에 서 있는지 모르고 그냥 후진해 버렸고 난 그렇게 아내 차에 치였다.

"악~!"

"뭐야? 괜찮아 오빠? 차 빼는데 뒤에 서 있으면 어떡해?"

"뒤에 차 오는 거 봐주고 있었잖아. 아~ 아~ 괜찮아~ 세게 안 박았으니까. 그래도 멍은 좀 들겠다."

"병원 안 가봐도 되겠어?"

"야! 병원은 무슨, 아니다. 드러누워서 합의금을 많이 요구할까? 하하하 아!! 아프다. 이렇게 된 이상 네가 나 책임져야겠다. 신고 안 할게."

"알았어. 내가 책임지면 되잖아. 얼른 타."

그날부터 우린 연인 사이면서 가해자와 피해자 사이도 추가되었다. 그 뒤로 비가 오면 가끔 왼쪽 무릎이 시큰거린다. 이별도 안 했는데 후유증이 생겼다.

방귀를 튼 건가요, 안 튼 건가요?

연애 시절부터 난 이미 방귀를 텄다. 물론 대놓고 막 뀐 건 아니어도 일부러 참고 자리를 피해 가면서까지는 하지 않고 조심스럽게 그놈들을 세상 밖으로 내보내왔다. 뭐 가끔 긴장이 풀려서 나도 모르게 배출해서 옆에 있던 아내가 인상을 찌푸리기도 하지만, 그런 경우는 그리 많지 않은 걸로 알고 있다(물론 내 생각이지만). 아내는 실수라도 내 앞에서 방귀를 뀐 적이 없다. 혹시 내가 잘 때 아내가 그랬다고 해도 그건 방귀를 텄다고 볼 수 없다. 무조건 상대방이 인식을 해야 방귀를 튼 것이니까.

내 생각으로 사실상 아내와 방귀를 텄다고 여긴 시점이 있는데 아내는 지금까지 절대 아니라고 우기는 사건이 있다.

분주하게 준비를 마치고 라디오 방송국을 가기 위해 집을 나섰는데 엘리베이터를 타기 직전 뭔가를 빠트리고 나와서 다시 집에 들어갔다. 여기저기 찾다가 안방으로 들어갔는데 살짝 방귀 냄새가 나기에 '킁킁'거렸더니 아내가 "아, 깜짝이야! 뭐야~ 왜 들어왔어?" 하며 놀랐다.

"왜 들어오긴. 뭐 놔두고 가서 들어왔지. 근데 이거 무슨 냄새야? 너 방귀?"

"몰라~ 빨리 나가~."

"그럼 우린 방귀 튼 거?"

"아니야~ 늦었어. 빨리 가!"

이건 방귀를 튼 건가요, 안 튼 건가요?

스노우 폭스

아내와 내가 함께 쓰려고 만든 가족 카드가 있다. 말 그대로 우리 가족을 위해서 쓰려고 만든 신용 카드. 둘 중에 누구든 사용을 하면 문자 알림은 내 휴대폰에 뜨게 해놔서 아내는 불만이 있었다. 감시를 받는 거 같다나 뭐라나. 시스템상 명의자 한 사람에게만 알림을 보내게 되어 있어서 결제하는 내 휴대폰으로 설정해 놓을 수밖에 없었다.

카드 사용 문자 알림 중에 낯선 상호가 눈에 띄었다. '스노우 폭스'. 뭐지? '눈 여우?' 내가 갔는데 기억을 못 하는 노래방인가? 이름이 예사롭지 않네. 가만! 사용 시간이 벌건 대낮이니까 노래방은 아닌 게 확실하고, 뭐지 이거? 그런데 그 뒤로도 2~3주 만에 한 번씩 똑같은 상호로 사용 알림이 왔다.

"오빠, 꽃 좀 보고 가자."

아내가 꽃가게 안으로 들어갔다.

간판을 보니 뙇!!!! '스노우 폭스'.

'스노우 폭스'는 우리 집에 꽃 손님을 보내는 꽃가게였다. 아내가 우리 집에 잠시 머물다 갈 꽃 손님을 직접 가서 모셔 오는 곳!

"하하하하하하하하하하하하하."

꽃가게 밖에서 큰 소리로 혼자 막 웃으니까 아내가 가게에서 나와 물었다.

"뭐야? 왜 그렇게 웃어. 미친 사람처럼."

"아니야~ 하하하하, 여기가 스노우 폭스구나."

"왜 이래? 싱겁게~."

상암 MBC 앞, KFC 옆, 꽃가게 '스노우 폭스'. 우리 집을 화사하게 만들어주시는 꽃 손님들이 예쁘게 자라는 곳입니다. 단골입니다. 저 말고 제 아내가요~.

광고입니다. 돕고 살면 좋잖아요.

옷 잘 입는 남자

아내는 이름을 얘기하면 알 만한 유명한 연예인들의 스타일리스트로도 활동했고 우리나라 1세대 홈쇼핑 스타일리스트로도 오랫동안 일했다. 나와 결혼하고 아들을 출산하면서 일을 그만뒀지만 인정받는 스타일리스트였다. 그런 아내가 나와 결혼하고 살림을 합칠 때 제일 먼저 한 일은 내가 가지고 있던 옷들을 대부분 없애는 작업이었다.

"어휴~ 이 옷, 난 오빠가 이 옷 입고 나올 때마다 정말 별로였어. 버려! 이것도 이상했어. 저거 저거, 저 민소매 티, 오빠가 여름에 저거 입고 나오면 정말 무슨 동네 양아치 같았어. 버려! 그리고 이 바지 뭐야~ 이런 건 어디서 사는 거야? 무릎이 너무 많이 나왔어. 이런 건 다려도 잘 안 펴지는 소재야. 가만히 서 있어도 무릎 꿇고 있는 것 같아. 버려!"

그렇게 나의 오랜 옷들과 강제 이별을 하고 새로운 친구들이 옷장에 들어오기 시작했다.

아내의 쇼핑 스타일은 정말 스피디하다. 눈도 빠르고 발도 빠르고 결정도 빠르다.

신혼여행으로 싱가포르에 갔을 때였다. 아내를 따라서 쇼핑을 다니는데 정말 빠르게 많은 곳을 다니다 보니까 발바닥이 너무 아팠다. 조리를 신어서 그렇다니까 아내가 바로 신발가게에 들어가 운동화를 사주면서 갈아 신고 빨리빨리 다니자고 할 정도였다. 그래서 아내랑 쇼핑을 다니면 지루할 틈이 없고 바쁘기만 하다. 옷가게 한 곳에 들어가서 맘에 드는 옷을 일단 고르면 난 바로 피팅룸으로 들어가 입어본다. 그러면 다시 아내는 그 짧은 사이에 다른 옷들을 골라서 피팅룸으로 넣어준다. 한동안 그 안에서 나오지 못하고 계속 환복하고 비춰보고를 반복할 때도 자주 있다. 그렇게 아내와 쇼핑을 다니다 보니 나도 조금은 옷 보는 눈이 생기는 듯했다.

결혼 초 아내는 "오빠가 나갈 때마다 옷을 세팅해 줄 수도 있지만 그러면 내가 없을 때는 어쩔 거야. 그러니까 오빠도 기본적으로 옷을 잘 매칭해서 입을 줄 알아야 해. 그래야 감각도 늘고 보는 눈도 생기는 거거든. 알았지?"라며 옷을 잘 입는 남자로 만들기 위해 외출할 때마다 강하고 냉정하게 교육했다. 혼자 알아서 옷을 입고 현관 쪽으로 갈 때마다 살짝 긴장이 되곤 했다.

"오빠~ 잠깐! 그게 지금 어울린다고 생각해? 색깔이 너무 따로 놀잖아. 다시 입고 와봐."

"오빠~ 거기다 그 바지는 아니지. 다시~."

"어허~ 오빠, 색감은 맞는데 아래위가 질감이 너무 따로 놀잖아. 다시~."

그렇게 매일매일 지적을 당하던 어느 날 아침, 역시나 별 기대 없이 옷을 챙겨 입고 나왔다.

"오~ 호 오빠, 그렇지. 오늘 완전 잘 입었어."

"진짜?"

"이제 좀 알겠지?"

"어? 어~."

그땐 사실 잘 몰랐지만 아내에게 처음 내 스타일링을 인정받았다는 사실에 뿌듯했다.

결혼 17년 차, 아내 덕에 난 옷 잘 입는다는 얘기를 종종 듣는 남자가 됐다.

모기 잡아주는 여자

세상에 존재하는 것 중에 제일 싫어하는 것은 모기!

언제 들어왔는지는 모르겠지만 치사하게 내가 잠들고 나서 활동을 시작한다.

아내가 옆에서 자도 일단 나부터 아니 나만, 내 피만 신나게 빨아댄다.

잠결에 물린 곳을 긁적이다 귀 옆에서 '위~~~잉' 하는 소리에 잠이 깨서는, 휴대폰 플래시를 켜고 모기를 찾는다.

멀리 가지 못했을 텐데 보이지 않는다. 잡지 않으면 또 내게 빨대를 꽂을 거란 생각에 다시 잠을 잘 수가 없다.

분명히 방 안 어딘가에 붙어서 날 비웃고 있을 텐데 보이지 않는다.

한참을 찾다가 밀려오는 졸음에 다시 누웠는데 또 귀 옆에서 '위~~~잉'.

더 이상은 참을 수 없었다. 미안하지만 아내를 깨운다.

"여보! 모기야!"

"어?"

"여기 봐, 사타구니를 네 군데나 물렸어. 짜증 나."

"어머어머! 불 다 켜봐, 오빠!"

눈이 좋은 아내는 몇 초 지나지 않아서 모기를 발견한다.

"저기 있다!"

모기를 발견한 아내가 모기를 죽인 확률은 99%!

"잡았다. 으~~ 피 봐. 이거 다 오빠 핀가 보네."

이제야 잠을 잘 수 있게 됐다.

"됐지? 나 잔다, 오빠."

"고마워~ 잘 자."

멋있다.

아들과 동갑내기

라디오를 시작하고 보니 정신없이 바빴다.

금요일까지 매일 생방송에 주말 방송 녹음도 금요일 안에 해둬야 하고, 집에서 오가는 시간까지 하면 월요일부터 금요일까지 하루에 4시간 넘게 라디오에 투자해야 했다.

<웃찾사> 회의와 녹화 스케줄도 일주일에 4일, 라디오 생방송 끝나면 바로 목동 SBS에서 등촌동 SBS 공개홀로 달려간다. 주말엔 주로 전국 투어 공연을 다니는데 공연이 없는 주엔 어김없이 행사가 잡혀 있어 쉬는 주말이 거의 없었다. 시간이 어떻게 가는지 모르게 맘대로 속도를 내고 있었다.

아내는 임신 중이었다. 배가 점점 불러오니까 힘들면 스타일리스트 일을 그만두라고 했는데도 출산 전까지는 최대한 다

녀보겠다고 열정을 보였다. 일하는 즐거움도 좋은 태교가 될 수 있다고 생각한 아내는 그만큼 자기 일을 좋아했다.

태교는 엄마도 엄마지만 아빠 역시 나지막한 목소리로 동화책도 읽어주고 이런저런 얘기도 해주면 태아한테 좋다는 얘기를 들은 적이 있어서 아이에게 더 미안했다. 집에 들어와서 씻으면 바로 곯아떨어진 적이 많기도 하고 주말엔 지방을 돌아다녀서 집에 못 온 적도 많아서 제대로 아빠 목소리를 들려준 적이 없었다. 그나마 아내가 낮에 일이 없을 때는 라디오를 틀고 아이에게 아빠 목소리를 들려주곤 했다. 라디오가 아빠의 태교를 대신해 준 셈이다.

실제로 내가 라디오 방송 중 지금까지도 자주 하는 멘트가 있다.

“태교 방송으로 컬투쇼만 한 게 없죠. 들으면서 엄마가 즐거우면 그거만큼 좋은 태교가 어디 있습니까? 예? 평소에 안 듣던 모차르트, 슈베르트 듣다가 괜히 스트레스 받으면 애한테도 안 좋아요. 태교는 컬투쇼가 딱이죠.”

내 기억이 맞다면 아마 이때부터 저 멘트를 했던 것 같다.

2006년 5월 1일에 시작한 컬투쇼. 처음으로 생방송을 빠져야 하는 상황이 발생했다. 청취자들이 서운해도 어쩔 수 없었다. 그날은 바로 우리 아들이 탄생하는 날!! 그토록 엄청나게 경이롭고 감동적인 순간만큼은 라디오 부스 안에 있고 싶지 않았다. 전날 밤 공연을 마치고 공연장에 와 있던 아내가 진통이 온다고 해서 집도 안 들르고 바로 병원으로 갔다. 그러고는 밤새 진통을 했다. 날이 밝고 아침이 되었는데도 아기가 나올 기미가 안 보이기에 피디에게 전화를 해서 오늘은 못 간다고 거의 일방적으로 통보를 했다.

2006년 8월 더운 여름날 오후. 드디어 아들 녀석이 태어났다. 그 경이로운 순간의 벅찬 감동을 표현할 적당한 단어는 이 세상에 존재하지 않을 것이다. 지금도 드는 생각이지만 그때 방송국에 안 가길 정말 잘했다.

그렇게 컬투쇼와 우리 아들은 같은 해에 태어난 동갑내기 친구가 되었다. 그 뒤로 누구든 라디오 방송한 지 몇 년 됐냐고 물어보면 그냥 우리 아들 나이를 얘기한다.

"지금 아들이 16세니까 컬투쇼도 16년 됐네요."

그러고 보면 라디오 방송도 아이가 자라는 것과 많이 닮았다. 디제이를 하는 아빠로서의 삶이 처음이라 라디오 진행을 시작하고 아이가 태어나면서 어떻게 해야 할지 몰라 허둥대기도 했고, 잘하고 있는 건지 몰라 매일매일이 어설펐다. 그 와중에 '에라 모르겠다' 하면서 그냥 흘려보낸 안타까운 시간들도 있고.

당연한 말이지만 내가 혼자 키워낸 건 아무것도 없다. 육아나 라디오 모두 주위 사람들의 애정과 관심, 도움이 있어서 가능했다. 16년의 라디오 그리고 16년의 육아는 생각보다 많이 비슷하다.

유전자

17시간의 긴 진통 끝에 아들은 3.3kg의 몸무게로 그리 크지도 작지도 않게, 무난하게 태어났다. 그러나 전국에서 태어난 아기들 중 머리 크기가 상위 5% 안에 들었다. 상위 5% 안에 들면 머리에 이상이 있는지 검사를 받아야 한다고 의사 선생님이 말했다. 혹시나 뇌에 이상이 있을 수 있는 확률이 다른 아기들보다 높아서 하는 검사라고 했다. 태어난 지 얼마 되지 않은 그 작은 아기가 검사를 받는다고 하니 부모로서 너무 미안했다. 검사 결과를 기다리는 내내 가슴을 졸이며 간절한 마음으로 기도하고 또 기도했다. 검사가 끝나고 의사 선생님이 나오셨다.

"선생님, 어떻게 됐나요?"

선생님이 살짝 미소를 짓더니 말했다.

"하하~ 유전입니다."

그제야 안도의 한숨과 뜨거운 눈물이 흘러내렸다.

DNA의 힘은 정말 놀라웠다.

"어! 김태균이다"

아들이 다섯 살 무렵, 말을 곧잘 하게 되면서 궁금증도 많아지고 에너지도 많아져서 하루 종일 움직여도 지쳐 하지 않았다. 남자아이들은 아빠가 몸으로 놀아줘야 하는데 난 그 시절 매일 라디오에, TV 프로그램도 여기저기 나가야 했고, 주말엔 지방 공연에 행사까지 하느라 일주일이 어떻게 지나가는지 모를 정도로 정신없이 바빴다. 또 저녁엔 술자리도 많아서 집에 들어가면 아내와 아들은 자고 있는 경우가 많았다. 공식적인 회식 자리 외에도 일하고 그냥 들어가기가 뭣해서 내가 친구들을 불러내 만난 날도 적지 않았다. 아내와 아이한테 미안한 마음은 있었지만 그때는 왜 그랬는지 집에 일찍 들어가기가 쉽지 않았다.

그러던 어느 날 내가 가정적인 아빠로 바뀌게 된 사건이 벌어졌다. 잡혀 있던 행사가 갑자기 취소되면서 늦은 밤이 아닌, 비교적 밝은 오후에 집에 들어갈 수 있게 되었다. 서프라이즈를 해주고 싶은 마음에 아내에게 연락도 안 하고 조용히 집으로 들어갔다. 역시 아내는 "어! 뭐야? 왜 이렇게 일찍 왔어?" 하면서도 좋아하는 눈치였다. 아들은 거실에서 놀고 있었다.

"짜잔~ 아들!"

그런데 아들이 날 보며 멀뚱히 한마디 한다.

"어! 김태균이다!"

"하하하하하 아들, 김태균이 뭐야? 아빠라고 해야지."

생각해 보니 웃을 일이 아니었다.

아들이 깨어 있을 때 실제로 본 것보다 TV나 보는 라디오에서 아빠를 본 횟수가 많아서 그랬나? 내가 어떻게든 시간을 내서 자주 놀아줬으면 "아빠~" 하고 반갑게 달려들었을 텐데……. 그날 아들의 반응은 '아빠, 일 좀 줄이고 나랑 좀 놀아줘'라는 메시지로 들렸다. 적잖은 충격과 반성이 교차했다.

그날 이후 나는 일도 좀 줄이고 술자리도 줄여서 가능하면 아이와 놀아주려고 노력하고 있다. 지금 와서 보면 자라나는 아이의 모습은 부모에게는 무조건적인 선물이다. 그 시절의 추억들이 너무 소중하다. 아내와 이런저런 얘기를 하다가도 아이 키울 때의 추억이 소환되면 둘 다 입가에 미소를 짓는다. 그날의 경험이 없었더라면 이렇게 소중한 행복을 지금도 모르고 살았을지 모른다.

아빠 달리기

국민학교 다닐 때 제일 신나고 재미있었던 건 소풍보다는 운동회였다. 내가 좋아하는 달리기를 뽐낼 수 있는 기회였기 때문이다. 6년 내내 운동회 때 달리기 1등을 한 번도 놓친 적이 없었는데, 다른 일들로 떨어진 자존감을 달리기로 많이 회복했던 것 같다. 달리고 있으면 기분이 날아갈 것 같고 숨이 차도 행복했다. 그때 손등에 찍혔던 1등 도장은 지워질 때까지 며칠이고 잘 씻지 않았고, 상품으로 받은 공책은 꺼내면서 괜히 우쭐했던 기억도 난다.

운동회를 너무 좋아했지만 제일 싫었던 순서가 있었다. 바로 아빠 달리기. 그 시간이면 나는 고개를 숙이고 운동장 흙에 그림을 그리며 시간을 보냈던 것 같다. 6학년 졸업할 때까지 그 시간이 제일 견디기 힘들었다.

아들이 초등학교에 입학하고 1학년 운동회가 열리기 전날 밤, 아들보다 내가 더 들떠 있었다. 마음속으로 운동회 순서에 아빠 달리기가 있기를 바랐는데…… 음~ 하하하! 아들 학교에서 미리 나눠준 안내지를 보니 아빠 달리기 순서가 뙇! 눈에 들어왔다. 아들이 보는 앞에서 아빠의 달리기 실력을 보여줄 수 있는 절호의 기회. 전날 밤 집 앞에 나가서 연습을 해보았는데 실력이 나쁘지 않았다.

다음 날 운동회가 시작되고 이런저런 경기가 진행되는데 결과는 전혀 눈에 안 들어오고 신경은 온통 아빠 달리기에만 쏠려 있었다. 그래도 연예인이니 옷차림에도 신경을 쓸 만한데 남들 시선이고 뭐고 제일 뛰기 편한 트레이닝복에 운동화를 신고 그 순서만 기다리고 있었다. 드디어 안내 방송이 흘러나왔다.

"잠시 후에 아빠 달리기가 있을 예정이오니 참여하실 아버지들은 운동장으로 내려와 주시기 바랍니다."

아내에게 달리기를 한다고 얘기를 안 했기 때문에 일부러 고민하는 척했다.

"한번 달려볼까?"

"그래~ 오빠, 잘 달린다며. 해봐. 범준이가 좋아할 거야."

"그럼 해볼까? 아~ 넘어지면 안 되는데."

괜히 못 이기는 척 일어났다. 아들은 운동회에 참여하느라 반 아이들과 스탠드에 앉아 있어서 아빠가 달리기에 나가는지도 모르고 있는 상황이었다. 아빠가 달리는 모습을 보는 아들의 마음은 어떨까?

생각보다 많은 아빠들이 달리기에 참여하기 위해 운동장으로 내려왔다. 한 라인에 세 명의 아빠가 뛰어야 하는 상황, 내 줄에는 어떤 아빠들이 설지 예민하게 눈치를 봤다. 일단 살집이 좀 있는 사람이라든가, 청바지를 입고 온 사람들은 뛰기 불편하니까 그런 아빠들이 걸리기를 내심 바랐다. 경기가 시작되고 아빠들이 뛰기 시작했다. 그런데 의외로 넘어지는 아빠들이 너무 많았다. 평소에 운동을 안 하던 아빠들이 스트레칭도 안 한 채로 애들이 보고 있으니까 그냥 의욕만 앞서서 뛰다 보니 마음은 이미 결승점에 가 있는데 다리가 안 따라오는 상황인 것. 100미터 뛰는데 세 번 자빠진 아빠, 자기가 자기 다리에 걸려서 넘어진 아빠, 얼굴 먼저 흙에 닿아서 피가 나는 상황에서도 다시 일어나 달리는 아빠……. 정말 눈물 없이는 볼 수 없는, 안타까운 부정의 향연이었다. 순서를 기다리며 '혹시 나도 자빠지면 어쩌지?' 걱정이 됐다. 준비하면서 계속 스트레칭을 했더니 옆의 아빠가 "어휴, 달리기 좀 하시나 봐요?" 하며 말을 건넸다. "아니요~ 앞에서 자빠지는 걸 보니까 걱정이 돼서요. 하하하하."

드디어 내 차례!! 출발을 알리는 화약총이 발사됐다.

"땅!"

정말 미친 듯이 달렸다. 중간쯤 되니까 어린 시절 운동회 때 달리던 태균이가 빙의돼서 정말 신나게 달렸다. 그랬더니 학생들과 학부모들이 앉아 있는 객석에서 "우와~" 하는 소리가 들려왔다. 생각보다 잘 달리는 나를 보고 놀라는 함성이었다. 결과는 1등! 오랜만에 뛰었는데도 달리기 실력은 줄지 않았다. 손등에 1등 도장이 찍혔고 상품으로 공책 두 권을 받았다. 오랜만에 진짜진짜 너무 행복했다. 공연 무대에서 느끼던 행복과는 다른 느낌의 행복이랄까? 어린 시절 속상하던 운동회의 기억이 씻은 듯이 사라지는 느낌이었다. 아빠가 달리는 걸 보고 있었는지 아들이 달려와 나에게 안겼다.

"아빠 최고야~, 우와 1등! 아빠 짱 빨랐어."

어린 시절의 내가 생각나 아들이 부럽기도 하면서 아들이 좋아하는 모습을 보니 괜히 우쭐해졌다. 웃긴 말 같지만 달리기로 인해 자존감이 올라갔다.

그 뒤로 아들의 운동회에서 6년 내내 아빠 달리기에서 자빠지지 않고 1등을 거머쥐었다. 6년 동안 받은 공책은 12권. 아들이 초등학교 졸업할 때까지 다 못 써서 내가 그 공책을 작업노트로 쓰고 있다.

바나나 우유

아빠 없이 자란 어린 시절, 허무한 꿈을 꾸곤 했다. 절대로 이루어질 수 없는 일, 바로 '아빠랑 목욕탕 가기'. 말도 안 되는 꿈은 꿈이 아니라 그저 상상이었을 것이다. 아빠랑 목욕탕에 가는 꿈이라도 꾸길 바라는 마음.

그때는 왜 그렇게 아빠와 아들이 목욕탕에 정기적으로 다녔는지. 일요일은 기본이고, 명절이나 무슨 날만 되면 아빠와 아들이 목욕탕에 가는 문화가 당연한 듯이 여겨졌다. 그 어릴 때도 '아빠 없는 사람은 서러워서 목욕탕에 다니겠어?'라는 생각이 자주 들어서 형이랑 목욕탕 가는 걸 썩 좋아하지 않았다. 형이 아빠를 대신할 수는 없었으니까.

목욕탕에 가면 눈꼴시어서 보고 싶지 않았던 장면은 아빠가 아들의 등을 밀어줄 때다. 젠장! 아프다고 싫다며 떼를 쓰는 애들을 보면 밀치고 날 밀어달라고 하고 싶었다. 내가 살면서 한 번도 해보지 못한 경험, 돈이 있다고 해도 앞으로 절대 해볼 수 없는 경험, '아빠 등 밀어주기', '목욕탕 나오면서 아빠가 사주신 바나나 우유 빨대로 쪽쪽 빨아 먹기'.

아들이 태어나고 목욕은 주로 내가 시켜주었다.

네 살 정도까지는 욕조에 따뜻한 물을 받아놓고 함께 들어갔다. 아들이 좋아하는 장난감을 가지고 놀아주기도 하고, 비누 거품 놀이도 하다 보면 어느새 작은 유리 구슬처럼 아들 콧잔등에 땀방울이 송글송글 맺힌다. 그게 얼마나 귀여웠는지 모른다. 콧잔등에 땀방울이 생기면 이제 그만 씻겨서 내보내야 한다는 신호다. 비누 거품을 내서 여기저기 닦아주면 간지러운지 비누칠하는 내내 아이가 깔깔댄다. 그 모습도 정말정말 사랑스러웠다. 마지막으로 물로 잘 씻겨서 문을 열면 아내가 큰 타월을 펼치고 활짝 웃으며 맞이한다.

"에구구, 울 아들 목욕 잘 했어요? 재밌었어요?"

아들이 엄마가 펼쳐 놓은 타월 속으로 쏘~옥 들어가고 나면 내 샤워가 시작된다. 흐뭇한 아빠 미소로 콧노래를 부르며 욕실까지 정리하면 끄~읕! 아들과 이렇게 함께 목욕했던 때가 너무 행복했었고 그립다. 만약 지금 추억 놀이라도 하자며 아들한테 욕조에 함께 들어가 보자고 해서 억지로 들어가더라도 1초도 지나지 않아 둘 다 민망해서 바로 나올 것이다. 그만큼 아들은 서운할 정도로 빨리 커버렸다.

아들이 초등학교 들어갈 즈음부터 함께 대중목욕탕에 다니기 시작했다. 처음 목욕탕에 갔을 때는 아들한테서 시선을 떼지 않았다. 안전도 안전이지만 아빠랑 목욕탕에 온 아들을 아빠의 시선에서 보면 이렇구나 하면서, 또 아빠랑 같이 온 아들을 부러워도 하면서, 여러 가지 감정이 교차했다. 함께 탕에 들어가는데 아들은 살짝 인상을 찌푸릴 뿐 이내 몸을 담그더니 그렇게 뜨거워하지 않고 잘 있었다. '야~ 이런 것도 닮는구나. 나도 저만 할 때 온탕에 잘 들어갔었는데…….' 신기했다.

때수건으로 아들의 때를 밀어주기 시작한 건 중학교 들어가면서부터였다. 처음 밀어본 아들의 때는 정말 어마어마했다. 별로 힘을 안 줘도 살짝 미는 곳마다 왕지우개 가루가 후두

두둑 떨어졌다. 아프다고 소리를 내다가도 자기 몸에서 나오는 왕지우개 가루를 보면 어이가 없는지 웃어버렸다.

"아들~, 아빠 등 좀 밀어줘." 말을 던져 놓고 생각해 보니, 내가 그토록 기다려왔던 바로 그 순간이었다. 아들이 내 등을 밀기 시작했다. 중학생이 돼서 그런지 힘이 제법 실렸다. 갑자기 눈시울이 붉어지더니 이내 눈물이 나기 시작했다. '뭐지? 눈물이 왜 나는 거지?' 다행히 아들은 등 밀기에 열중하고 있어서 눈치채지 못했다. "오~ 시원한데! 힘이 느껴져 좋아~" 하는데 목소리가 살짝 떨리고 있었다.

언제 이렇게 커서 아빠 등을 시원하게 밀어주다니, 감동과 함께 아빠들은 이런 기분이었구나 하는 생각이 들었다.

"아들~, 아빠 등 밀어주니까 어때?"

제일 궁금한 질문을 빼먹을 뻔했다. 나는 경험해 볼 수 없는 그 느낌은 과연 어떤 걸까?

"어? 뭐 그냥 힘들지. 아빠도 때 많이 나오네."

"하하하하하하하~."

눈물이 쏙 들어갔다. 그게 정답이지. 중학생 아들한테 무슨 답을 듣고 싶었던 걸까? 그날은 속이 다 후련해지고 아들이 등을 밀어줘서 그런지 몸도 가벼워지는 게 행복감이 밀려왔다.

"아들~, 기분이다. 아빠가 바나나 우유 쏜다. 가자~."

말 걸기

며칠 전 주말. 사무실에서 혼자 글을 쓰고 있는데 아들이 엄마의 심부름이라며 고로쇠 물을 들고 불쑥 찾아왔다. 게임하느라 집 안에 앉아만 있으니 엄마가 좀 걸으라고 일부러 시킨 것이다. 집 아닌 다른 곳에서 아들과 단둘이 있어보는 건 오랜만이었다. 이런 기회가 별로 없어서 무슨 얘기라도 하면 좋을 텐데 갑작스러워서 대화거리가 떠오르지 않았다.

그렇다고 중 3 아들이 먼저 말을 걸어 올 리도 없고, 아들이 그냥 가버릴 것 같아서 살짝 조급해지다가 좋은 생각이 떠올랐다. 글 쓰는 걸 핑계 삼아 이런 걸 물어봤다.

"아들~ 아빠가 책을 쓰고 있잖아. 너와의 추억을 쓰고 싶은데 아들은 아빠와의 추억들 중에 뭐가 제일 기억에 남아?"

갑작스럽게 떠오른 질문이지만 던져 놓고 잘했다는 생각이 들었고 아들의 답이 너무 궁금해졌다.

"음~ 아빠가 자전거 타는 거 가르쳐주고, 아빠랑 자전거 타고 처음으로 한강 공원에 같이 갔던 거."

"오호~ 맞아. 네가 아홉 살인가? 열 살쯤이었을 거야. 그때 처음으로 먼 거리를 함께 간 거잖아. 너 가다가 펜스에 한 번 부딪쳤던 거 말고는 끝까지 잘 탔어. 아빠도 완전 기억나지."

어린 아들을 데리고 먼 곳까지 가는 게 괜찮을까 오랜 고민 끝에 어렵게 결정을 하고 간 거였는데 그게 제일 기억에 남는다니 무척 뿌듯했다.

"그때 떨리기도 했는데 엄청 재밌기도 했어, 아빠."

"그래, 나중에 아빠랑 자전거 타고 청평 쪽까지 갔다 오는 거 어때?"

"좋아. 근데 아빠, 나 키가 커서 자전거 새로 사야 하는데."

"그래, 까짓것 하나 사지 뭐. 뭐가 좋을지 너도 알아봐. 아빠도 알아볼 테니까."

아들과 함께 라이딩 할 상상을 하니 저절로 입가에 미소가 지어졌다.

"아빠~ 그럼 난 간다. 수고해~."

"가게? 그래 아들. 게임 열심히 해."

최근 들어 가장 길었던 단둘만의 대화는 끝이 났다.

짧지만 사춘기 아들과 대화하기는 성공이었다.

먼저 말을 걸기 잘했다.

5

자꾸 생각나

내가 부쳐 놓은 동태전을 맛있게 드시던
어머니 모습이
명절만 되면 너무 그립습니다.

비가 오면 생각나는 그 사람

비 오는 날이 싫다.

국민학교 1학년부터 고등학교 1학년 때까지 살던 오래된 연립 주택은 여름철이고 뭐고 비가 많이 오면 어김없이 지하실이 물에 잠겼다. 지하실에는 연탄 보일러와 함께 연탄들이 쌓여 있었다. 비만 오면 그 연탄들을 살리기 위해 온 가족이 난리도 아니었다. 심할 땐 목까지 빗물이 차올랐던 적도 몇 번 있었다. 연탄을 살려야 한다는 일념으로 머리 위로 연탄을 들고 나르느라 전쟁터가 따로 없었다.

10년간을 비만 오면 그랬으니 비 오는 날이 싫을 만하다. 아니 그 뒤로도 한동안 지긋지긋했다. 비만 오면 그때 생각이 나니까. 함께 물 퍼내고 연탄 살리던 엄마, 형, 누나들…….

젠장, 현실엔 엄마만 없다.

그래서 더 비가 싫어졌다.

엄마 생각이 나서…….

유부초밥

내 나이 여덟 살. 난생처음 학교에서 소풍을 가던 날은 너무 설레고 행복했다.

동그랗게 둘러앉아 각자 싸 온 도시락을 일제히 열어 젖혔다. 안에 들어간 재료만 조금씩 다를 뿐 모두 김밥이었고 나만, 오직 나 혼자만 유부초밥이었다. 아이들은 신기한 듯 내 도시락을 쳐다봤고 나는 혼자만 다르다는 생각에 당황스럽고 괜히 부끄러워졌다. 그때 갑자기 한 친구가 한번 먹어보자며 유부초밥을 입에 넣었다. 몇 번 씹더니 너무 맛있다고 하니까 애들이 "나도 하나만" 하면서 줄을 서기 시작했다. 그도 그럴 것이 우리 엄마의 유부초밥은 한번 맛보면 빠져나올 수 없는 마성의 맛이었다. 갓 지은 밥에 식초를 몇 방울 넣어 버무리고 각종 채소와 다진 소고기를 살살 볶아서 밥과 비벼주면 그 자체만 먹어도 너무너무 맛있지만 그 밥을 유부에 넣어주면 정말 환상이다. 엄마가 싸주신 유부초밥을 처음 먹어봤을 때 그 맛의 충격은 지금도 잊을 수가 없다. 소풍 갈 때 김밥을 싸주신다는 걸 내가 굳이 유부초밥을 싸달라고 조른 이유다.

'나도 하나만' 이후, 유부초밥이 부끄러웠던 나는 갑자기 맛집 주인이라도 된 듯 뿌듯해졌다. 순식간에 엄마가 싸주신 유부초밥은 사라졌고 난 그날 유부초밥 대신 각종 김밥을 맛볼 수 있었다. 그 후로 내 인생의 소풍 도시락은 무조건 유부초밥이었다.

아내와 연애할 때 공연장과 <웃찾사>라는 프로그램에 출연하느라 일주일을 빠듯하게 보내고 있었다. 개그를 짜고 연습하는 시간이 많기 때문에 끼니를 놓칠 때가 많았다. 어느 날 고맙게도 아내가 도시락을 싸 가지고 얘기도 없이 찾아왔다. 함께 있는 사람들 것까지 챙겨서 왔으니 양이 만만치 않았을 텐데 감동이었다.

다들 모여 앉아서 도시락을 열어 젖혔다. 유부초밥이었다. 어릴 적 엄마가 소풍 갈 때마다 싸주셨던 그 모양과 맛이 너무 닮은 유부초밥! 아내가 싸 온 유부초밥을 입에 넣는 순간 난 이미 소풍날의 아이가 되어버렸다. 엄마의 유부초밥 손맛을 닮은 그녀! 아마도 이날이 청혼을 결심한 결정적인 날이었던 것 같다.

PS. 날 닮은 아들도 엄마의 유부초밥을 먹을 때 정말 행복해한다.

동.태.전

내가 제일 잘하는 요리?!

내가 제일 좋아하는 음식?!

동네 재래시장이나 마트에 가서 포가 얇게 잘 떠져 있는 동태전 감을 사서 일단 해동을 합니다. 겉의 물기를 닦아내고 넓적한 소쿠리에 하나씩 잘 펴서 일단 말립니다.

동태포의 물기가 적당히 마르면 무심한 듯 후춧가루를 뿌려두고, 달걀을 깨서 볼에 담은 뒤 소금 간을 살짝 해서 젓가락으로 적당히 저어 달걀물을 만듭니다. 여기서 달걀을 너무 많이 저으면 달걀물이 묽어져서 동태포 표면에 잘 묻지 않고 프라이팬에 올릴 때 흘러내릴 수도 있으니 주의해야 합니다.

이제 베란다에 신문지를 여러 장 넓게 펴서 자리를 만듭니다. 동태전을 부치는 동안에 기름이 튀거나 부침가루나 달걀물이 바닥에 떨어질 수 있으니까 꼭 깔아야 합니다.

안 그러면 어김없이!

"태균아~ 신문지 깔았니?"

엄마는 어떻게 딱 하려는 순간에 맞춰서 얘기하실까?

보고 계시지도 않았으면서…….

신문지를 깔았으면 넓적한 전기 프라이팬을 중간 불에 맞춰 예열하고 그동안 준비해 놓은 동태포와 달걀물, 부침가루, 식용유, 동태전 담을 소쿠리, 뒤집을 숟가락, 조금 긴 나무젓가락을 세팅합니다.

달걀물에 넣은 동태포를 프라이팬에 올릴 때는 젓가락이 아니라 숟가락을 사용합니다. 기름을 충분히 두른 프라이팬에 숟가락으로 동태포를 달걀물과 함께 떠서 프라이팬의 면이 가득 찰 정도로 올립니다. 잠시 후, 아래쪽이 구워진 동태전을 뒤집기 전에 달걀물이 충분치 않은 게 있으면 숟가락으로 살짝 떠서 끼얹어줍니다. 자, 이제 전을 뒤집는데 역시 숟가락을 사용합니다. 기다리는 동안 다시 동태포에 부침가루를 바르고 달걀물에 담그는 일을 반복합니다.

이제 동태전 특유의 기름지고 고소한 냄새가 집 안 곳곳에 퍼지기 시작합니다.

그러면 어김없이!

"태균아~ 잘 되고 있니? 아이고, 노릇노릇하게 잘 부쳤네."

엄마가 어느새 옆에 와서 말씀하십니다.

"하나 먹어보자. 전은 부치면서 먹는 게 제일 맛있어."

"태균아~ 너도 먹으면서 해. 역시 동태전은 우리 아들이 부치는 게 제일 맛있어."

순서대로 반복하다 보면 노릇노릇하게 잘 부쳐진 동태전이 어느새 소쿠리에 가득 채워집니다.

어릴 적부터 명절이면 주방에 커다랗고 노오란 동태전 꽃이 활짝 피어납니다. 그렇게 전을 다 부친 뒤 정리해 놓고 나면 정말 뿌듯합니다. 며칠 동안 동태전을 먹을 수 있다는 생각에 말이죠.

내가 부쳐 놓은 동태전을 맛있게 드시던 어머니 모습이 명절만 되면 너무 그립습니다.

노오란 동태전을 후후 불어 드시며 짓던 따뜻한 미소가 너무 보고 싶습니다.

요즘 내가 살고 있는 상암동에 괜찮은 전집이 생겼습니다. 내가 부쳐 먹던 그 동태전과 맛이 거의 비슷해 어머니가 보고 싶을 땐 일부러 약속을 전집으로 잡기도 합니다. 모둠전 한 접시가 나오면 제일 먼저 동태전을 입에 넣고 눈을 감습니다. 그러면 어김없이 엄마의 미소를 만날 수가 있죠.

아마 친구들은 모를 겁니다. 모둠전에서 동태전이 제일 먼저 없어지는 것을.

언젠가 어느 전집에서 저를 발견하면 아는 척해 주세요.

"어머니 만나러 오셨나 봐요?"라고.

그럼 저도 반갑게 막걸리 한 잔 대접할게요.

안주는 동태전으로 하고요.

우리 형

우리 집 4남매의 장남이고

나보다는 여덟 살 많은 우리 형.

우리 형은 막내인 나보다 키가 훨씬 작지만

우리 형은 막내인 나보다 머리도 훨씬 작다.

뭐 그리 눈이 높은지

아직까지 솔로인 우리 형.

우리 형은 막내인 나보다 외로울지 모르지만

우리 형은 막내인 나보다 자유롭다.

신문이나 온라인으로 뉴스나 세상 사는 이야기를

모조리 챙겨 보는 상식 박사 우리 형.

언뜻 보면 아는 척하기 좋아하고 말 많은 사람처럼 보일지 모르지만 눈치가 좀 없어서 그렇지 사람들을 좋아해서 먼저 다가가는 따뜻한 사람이다.

돈 버는 재주가 없었던 우리 형.
재주가 많은 막내보다 가진 건 없지만
부모님과의 살아 있는 추억은
막내보다 몇만 배는 더 가진 부자다.

돌아가실 때까지 그런 형을 걱정했던
어머니는 하늘에서
장남과 막내가 지내는 모습을 어떻게 보고 계실까?

난 표현을 잘 못하지만 형은 다르다.
가끔 통화하면 끊기 전에 항상 다정한 목소리로
"사랑해 동생."
멋쩍은 막내는 마지못해
"알았어. 형~ 나...도."
사랑해~ 형!

할머니 의자

서울과 가까워 오래전부터 자주 다니던 펜션이 있다. 생각할 일이 있거나 글을 쓸 일이 있으면 한 달씩도 들어가 있던 곳이다. 대성리역에서 차로 5분이 안 걸리는 곳인데도 들어가 있으면 깊은 산속 같은 느낌이 들었다. 어머니 아프시기 전 칠순 잔치도 그곳에서 가든파티 식으로 조촐하게 했을 정도로 좋아하는 곳이다.

2012년 어머니가 발병하시고 항암 치료를 받는 시기에 그곳을 가게 됐는데 그 펜션 주인이 건너편에 땅이 있는데 한번 보겠느냐고 했다. 안 그래도 어머니 퇴원하면 기력 회복하실 공기 좋은 곳이 있으면 좋겠다고 생각하고 있던 터였다. 그 땅 입구부터 땅 안쪽까지 커다란 나무들이 빼곡하게 나란히 서 있는 울창한 숲길을 보는 순간, 그냥 어머니와 그 길을 걷는 장면이 떠올랐고 별 고민 없이 바로 그 땅 매입을 결정했다.

그곳에는 큰 소나무 세 그루가 있었다. 높이도 높이지만 고풍스런 자태가 자라온 세월을 짐작하게 했다. 땅을 매입하고 집 공사를 하는 중이었는데 소나무 세 그루 중에 제일 큰 소나무가 갑자기 병이 났다는 것이다. 원인도 모르는 병에 걸린 나무는 계속 약을 줘야 했다. 병원에 가면 놔주는 수액 같은 걸 그 나무에 몇 개씩 꽂아 놨다. 그 시기가 어머니도 2차 항암 치료를 시작하실 때였다.

4차에 걸친 항암 치료 뒤 정기적인 혈액 검사를 통해 재발 위험이 없어진 듯 보인다고 해서 골수 검사를 해보니 암세포가 안 보여 완치 판정을 받았다. 의료진도 기적 같은 일이라고 할 정도로 확률이 낮은 싸움이었다. 그렇지만 정기적으로 추적 검사는 받아야 한다고 했다. 우리는 너무 기뻤고 잘 버텨내신 어머니께 감사했다. 신기하게도 그 시기에 그 소나무도 다시 생기를 찾는 것 같았다. 어머니는 그곳에서 자주 요양을 하셨고, 그 소나무 그늘 밑에서 쉬곤 하셨다.

좋았던 기간은 그다지 길지 않았다. 정기적인 추적 검사를 1년 정도 이어갈 즈음 재발했다는 결과가 나왔다. 이제는 전처럼 강도 높은 항암 치료를 받을 수 없는 상황이었다. 의사도 권하지 않았고 어머니 체력도 버텨낼 수 있는 상황이 아니었다. 꾸준히 약을 먹고 주기적으로 병원에 가서 혈관을 통해 건강한 혈액을 맞는 게 결과를 장담할 수 없는 최선의 방법이었다. 우연인지, 소나무도 그 원인을 모르는 병이 다시 심해져서 약을 맞기 시작했다.

안타깝게도 어머니는 투병 끝에 돌아가셨다. 장례를 마치고 어머니를 아버지 곁에 모셔드리고 나서 마음도 정리할 겸 가족끼리 대성리에 들어갔는데 마침 나무를 잘 아는 대목장이 와 있었다. 장인어른께서 아무래도 그 소나무가 죽은 것 같아 부르셨다고 했다. 대목장은 나무를 이리저리 한참을 살피더니 그 소나무는 죽은 게 맞다고 했다. 이런 우연이 있을까? 어머니와 거의 같은 시기에 아프고 같은 시기에 생을 마감하다니.

나무를 베기로 결정했다. 오랜 세월을 살아온 나무라 베는 것도 조심스럽게 해야 한다고 했다. 작은 가지들부터 차례로

베고 제일 나중에 중심이 되었던 굵은 기둥을 베었다. 베어진 단면을 보면 나이테로 나무의 나이와 죽은 원인을 알 수 있다고 했다. 그때 그 대목장의 말을 아직까지 잊을 수가 없다.

"이 나무는 74년 정도 살았으니까 사람으로 치면 일흔네 살이겠네요."

어머니 나이와 같았다.

"그리고 나무들은 흙 속의 양분이나 수분을 빨아 당겨서 줄기를 통해 나무 곳곳에 공급해서 잎을 피우고 열매를 맺게 되는데요. 마치 사람의 혈관들이 하는 역할과 같은 그곳에 병이 들어 수분이나 양분이 공급이 안 되니까 결국 다 말라버려서 죽은 거예요. 사람으로 치면 혈액암 같은 거죠."

어머니 병명과 같았다. 그 얘기를 듣는 순간 가족들 모두 소름이 돋았다.

대목장은 베어낸 그 소나무의 굵은 중심 부분을 능숙한 솜씨로 톱질해 의자로 만들어주었다. 그 의자의 이름을 뭐로 할까 고민하고 있는데 옆에서 아들이 "할머니 의자로 하자"고 말했다. 그날 이후로 그 의자 옆에는 할머니의 손자가 직접 쓴 '할머니 의자'란 팻말이 꽂혀 있다.

어머니는 하늘로 가셨지만 어머니의 또 다른 영혼이 함께 하는 것 같다는 생각이 들어서인지 그곳에 가면 먼저 그 의자에 누워서 어머니와 대화를 나눈다.

꽃과 며느리

1년 중에 적어도 설날, 아버지 기일, 추석 그리고 어머니 기일, 네 번 정도는 꼭 대전 현충원으로 부모님께 인사를 드리러 간다. 그때마다 아내는 고속터미널의 꽃 도매 시장을 부지런히 다녀온다. 그곳에 가야 예쁘고 다양한 조화를 구할 수 있기 때문이란다.

전에 한번 따라가 본 적이 있는데 규모가 엄청나게 크고 사람들도 많고 정신이 하나도 없었다. 그런데도 아내는 그 복잡한 곳을 한 번의 주저함 없이 샤사삭 잰걸음으로 가더니 단번에 그 꽃집을 찾아내는 거였다. 사장님이 여자분이었다는 것만 기억난다.

아내가 그 꽃가게를 6년 동안 다니면서 그 가게 사장님과 있었던 일을 내게 얘기해 준 적이 있다. 아내가 3~4개월마다 꽃을 사러 다녔는데 사장님이 아내를 볼 때 좀 이상하게 생각했다고 한다.

'아니, 3~4개월에 한 번씩 와서 풍성하게 한 다발을, 그것도 비싼 돈 주고 조화를 사 가네. 저 여자가 무슨 사연이 있나?' 하고 올 때마다 궁금해하다가 참다 참다 한번은 아내에게 물었다.

"매번 올 때마다 궁금했는데 이 조화를 사 가면 거실에 꽂아 놔요?"

"아니요. 돌아가신 어머니 뵈러 가면 산소에 놓아 드리려고요."

"넉 달에 한 번씩, 그렇게 자주요?"

"야외여서 3~4개월이면 꽃 색깔이 바래버리니까요."

"그래도 올 때마다 10만 원 넘게 사 가잖아요. 너무 비싸지 않아요?"

"가족들 모여서 밥 한 끼를 먹어도 그 정도는 나오잖아요. 돌아가셔서 밥도 같이 못 먹는데 어머니 좋아하시는 꽃 예쁜

게 해서 놓아드리면 좋잖아요."

"아! 그러네요. 꽃 장사를 30년 하면서 저도 그 생각을 못 해봤네요."

그러면서 갑자기 눈물을 보이셨단다.

"저도 어머니가 돌아가신 지 몇 년 됐는데 왜 이런 생각을 못 했을까요? 여기 이렇게 예쁜 꽃들이 많은데 엄마한테 너무 미안하네요."

"이렇게 꽃 한 다발 사서 놓아드리고 오면 저도 한결 마음이 좋아져요."

"그러니까요. 근데 따님이세요?"

"아니요? 며느리예요."

"네? 근데 이렇게 매번, 와~ 대단하시네요. 쉽지 않은 일인데……."

"아니에요. 1년에 서너 번 꽃 사는 건데요, 뭐."

"며느님 맘이 참 고우시네요. 난 딸인데 뭐 했나 몰라요. 고마워요. 덕분에 이제 엄마한테 꽃 선물을 할 수 있게 됐네요."

아버지, 어머니께 인사드리러 갈 때면 어김없이 아내는 꽃 시장에 다녀온다. 그때마다 난 아무렇지 않게 생각했다. 때가 돼서 꽃을 사러 가는 거라고만 생각했지 고맙다는 표현을 제대로 한 적이 없다. 이런 얘기를 아내한테 들으면서 새삼 아내가 너무 고맙고 고마웠다.

그동안 아내가 어머니를 생각하며 꽃을 사서 정성스럽게 놓아드린 건 정말 쉽지 않은 일이었다. 6년이 넘게 1년에 네 번씩 꽃 도매 시장에 가서 매번 다른 꽃들을 직접 골라 예쁘게 한 다발을 엮어서 선물한다.

'고마워~ 여보. 그리고 사랑해.'

아내 덕에 어머니는 그 세상에서 예쁜 옷도 입으시고 맛난 것도 드시고 아버지랑 행복하게 지내시겠지?

'엄마, 며느리 하나는 참 잘 두셨어. 그렇지?'

퇴소식

4주 훈련을 마친 뒤 신병 훈련소 퇴소식 때였다.

"50세 이상 되신 부모님들은 특별히 단상 위의 의자로 모시겠습니다"라는 안내 방송에 제일 마지막으로 어머니가 올라오시는 모습이 보였다. 오랜만에 보는 어머니 모습에 순간 울컥했지만 늠름한 아들의 모습을 보여드리기 위해 행사가 끝날 때까지 이를 악물고 꾹 참았다. 퇴소식의 하이라이트는 부모님들이 직접 자식들의 가슴에 이등병 계급장을 달아주는 순서였다. 어머니가 내 눈앞에 나타나셨다. 어머니 눈엔 이미 눈물이 가득 고여 있었다. 계급장을 달아주면서 어머니가 하신 말씀에 참았던 눈물이 터져 나오고 말았다.

"군인 시절 아빠랑 꼭 닮았구나."

엄마는 위대하다

대학 시절의 일이다.

더운 여름날 밤늦게까지 술을 마셨다.

무사히 집에 돌아와 샤워를 하기 위해 옷을 홀딱 벗고 화장실로 들어갔다.

시원한 물을 맞으니 술이 좀 깨는 듯하면서 나른해졌다.

그대로 앉아서 온몸에 비누칠을 하던 게 마지막 기억이다.

아침에 눈을 떠보니 엄마 방에서 '빤스'만 입은 채로 누워 있었다.

기억이 날아갔다.

'어떻게 된 거지?'

엄마가 꿀물을 내미시며 등짝 스매싱을 날렸다.

"새벽에 누나가 비명을 질러서 나가 봤더니 네가 화장실에서 발가벗고 온몸에 비누칠을 한 채 자고 있는 거야. 그걸 다 씻겨서 엄마 방에다 눕혀 놓고 빤스 입혀서 겨우 재웠어, 엄마가. 술 좀 작작 마셔, 이놈아!"

술 취한 그 무거운 아들을 어떻게 씻겨서 옮기셨을까?

엄마는 정말 위대하다.

"오빠 좋아하기 힘들어요"

20대 후반에 대학로에서 공연하던 시절은 진짜 나의 리즈 시절이었다. 군살 하나 없는 몸매에 샤프한 턱선. 그때는 아무리 먹어도 살이 안 찔 때여서 배도 전혀 안 나오고 운동도 꾸준히 할 때라 나름 근육도 볼만했다. 그 덕분일까. 공연장 앞에서 중·고등학생부터 대학생까지 여학생 팬들이 선물과 팬레터를 들고 나를 기다리는 모습을 자주 볼 수 있었다.

지금 생각해 보면 참 고마운 일이다. 당시에도 멋지고 잘생긴 아이돌이나 배우들이 많았는데 왜 나를 좋아했을까? 신기하고도 감사한 일이다. 그런데 이상한 건 팬들은 많았지만 극성팬이 하나도 없었다는 것. 공연하면 꼭 보러 와주고, 편지나 선물을 주고, 응원해 주지만 막 소리 지르고 울고 달려들고 하는 팬들은 없었다. 해외나 국내 슈퍼스타들의 콘서트 현장을 보면 소리 지르다가 기절하고 너무 좋아서 막 울고 하는 팬들을 볼 수 있는데 우리 콘서트에선 볼 수가 없었다. ㅋㅋㅋㅋ 갑자기 웃음이 나오는데, 지금 생각해 보니까 팬들이 날 '그 정도까지는' 좋아하지 않았던 것 같다.

그 시절의 일이다. 공연이 끝나면 항상 공연장 밖에서 사인회를 했는데 여고생 팬 둘이서 울면서 다가왔다. 공부하느라 힘든가? 집안에 안 좋은 일이 있나?

"왜 그래, 얘들아. 왜 울어?"

난 극성팬이 없으니까 나 때문에 그러는 건 분명 아니었다.

"흑흑~ 오빠~, 오빠 좋아하기 너무 힘들어요."

"엥? 그게 무슨 얘기야?"

"학교에서 오빠를 좋아한다니까 애들이 놀려요."

"하하하하하하, 진짜? 야, 그렇게 힘들면 안 좋아하면 되잖아. 왜 울고 있어."

"아~앙~ 뭐예요, 오빠. 그래도 좋은데 어떻게 그래요."

그래도 좋아하는 연예인이라고 학교에서 자랑을 한 모양인데 다른 친구들은 그때 HOT나 젝스키스 같은 아이돌에 빠져 있는 상황에 듣도 보도 못한 개그맨을 좋아한다니 애들이 놀릴 만했다.

고난과 역경을 겪어가면서 날 좋아해 준 고마운 그 친구들, 지금 생각해도 고맙고 마음이 흐뭇해진다. 요즘은 어떻게 지내는지……. 혹시나 이 글을 보게 되면 내 SNS에 DM이라도 남겨주기를.

잘 살아 있다

여섯 살이 되던 해에 아버지가 돌아가셨으니

일곱 살 때부터는 내 삶에 아버지가 없었다.

그런 슬픈 인생을 아들에게는 절대 경험하게 해서는 안 된다는 나만의 강박으로

혹시나 하는 마음에 아들이 여섯 살이 된 연초부터

그해 마지막 날까지 정말 조심하고 또 조심했다.

그해 12월 31일 자정을 넘기는 순간!

아들이 일곱 살을 맞이하는 그 순간!

아무 일도 일어나지 않았고 살아 있음에 감사하며 온몸으로 좋아했다.

그랬더니 옆에 있던 아내가 "왜 저래?" 한다.

아들은 16세인 지금까지도 아빠가 있는 삶을 살고 있다.

아들이 부럽다.

"아빠, 오랜만에 캐치볼 할래?"

갑자기 아들이 변성이 지난 굵은 목소리로 말하는데,

난 너무 설레고 행복했다.

난 잘 살아 있다.

이대로, 좋은 사람

방청객이 나를 변화시켰다

난 애주가다.

아마도 대학로에서 공연을 하기 시작하면서부터 그렇게 된 듯하다. 소극장 무대에서 한바탕 관객들을 웃기고 나면 기가 빠져서 허탈해진다. 그러면 어김없이 대학로 뒷골목 선술집에 가서 수고한 내 몸에 소주를 선물했다. 당시 대학로 뒷골목 선술집은 공연하는 사람들에겐 만남의 장소였다. 라이브 공연 하는 가수, 연극배우, 공연 스태프 할 것 없이 공연이 끝나면 약속이라도 한 듯이 모여들어 술잔을 부딪쳤다.

그때부터인지는 모르겠지만 꼭 공연이 아니어도 하루 일을 마치고 나면 자연스럽게 술 생각이 찾아온다. 열심히 일한 나에게 주는 선물이라는 핑계로 술 마시는 일을 합리화했다. 선물은 많이 받을수록 좋다고 양 조절에 실패하는 날엔 다음 날 일에도 지장이 있었다. 이런 주당을, 적당히만 마시게 하는 애주가로 바꿔준 고마운 존재가 있다. 바로 라디오 방청객.

방청객들은 매일 다른 사람들이 찾아온다. 기대를 잔뜩 하고 초롱초롱한 눈빛으로 디제이만 기다리며 방청석에 앉아 있다. 이 순간이 얼마나 재미있을까 상상을 하듯 신난 표정으로 앉아 있다가 내가 등장하면 일제히 시선이 고정된다. 그런 기대에 찬 눈빛에 실망을 안긴 적이 몇 번 있었다.

그날은 전날 술을 너무 많이 마셔서 얼굴도 발갛고 눈도 충혈되어 있었다. 숙취가 완전히 해소되지 않은 상황이라 속이 좋지 않으니 표정이 좋을 리도 없었다. 그 상태로 마이크 앞에 앉으면 방청객들 눈치를 보게 된다. 방송 분위기도 다른 날보다 좋을 수가 없다. 어느 순간 욱해서 괜히 방청객들이 원망스러웠던 적도 있다.

'아니, 나도 사정이 있어서 술 한잔할 수도 있고, 속도 안 좋을 수도 있고, 개인적으로 안 좋은 일이 있어서 기분이 별로일

수도 있지. 어떻게 사람이 매일매일 좋은 컨디션으로 밝게 웃기만 하느냐고?'

'그건 당신 사정이고, 알겠으니까 정신 차리고 얼른 재미있게 해봐'라고 하듯 방청객들은 함성과 박수로 내 뺨을 후려친다. 그럼 다시 정신이 바짝 들어 방송을 진행한다.

한번은 방청객 중 어린아이가 엄마랑 같이 와서 방송 끝나고 사진을 같이 찍는데 엄마한테 이런 얘기를 하는 게 들렸다.

"엄마~ 저 아저씨한테서 아빠 냄새 나."

난 담배를 안 피우니까 담배 냄새는 아닐 테고, '아빠가 나랑 같은 향수를 쓰나?' 생각하고 있는데 엄마가 살짝 귀띔을 해줬다.

"아~ 술 냄새 얘기하는 거예요. 태균 씨 어제 술 좀 드셨나 봐요?"

멋쩍게 웃었지만 너무 민망하고 창피했다. 전날 마신 술 냄새를 아이가 맡을 정도라면 그동안도 줄곧 술 냄새가 났던 거구나. 그동안은 사진 찍을 때 방청객들이 어른들이라 말을 안 했던 거였다. 분명 그중에는 나의 이런 태도에 실망을 한 사람도 있었을 것이다.

그날 이후로 다음 날 라디오 공개 방송이 있으면 술자리는 웬만하면 주말로 미루거나 자제해서 적당히 마시게 됐다. 방청객이 나를 변화시켰다.

후회 1

큰누나, 작은누나 모두 어릴 때부터 피아노를 배웠다. 그래서 힘든 형편에도 엄마는 피아노를 사서 안방에 놓으셨다. 비싼 독일제 피아노였다. 7년쯤 전, 아들 피아노를 사러 낙원상가에 간 적이 있는데 좋은 건 꽤 비쌌던 걸로 기억한다. 지금도 이렇게 비싼 피아노를 그 시절 엄마는 어려운 형편에 무슨 돈으로 사셨던 걸까?

국민학교 2학년이던 해, 엄마는 나도 누나들을 따라서 피아노 학원을 다니라고 하셨다. '바이엘' 상하를 떼고 '하농'으로 넘어갈 때 당시의 내가 감당하기에 어려운 스킬이었다. 잘못 치면 피아노 선생님이 자를 세워서 손등을 톡톡 치는 게 너무 아프고 짜증 났었다.

고민 끝에 엄마한테 공책 한 장을 뜯어 나의 굳은 의지가 담긴 메시지를 적어서 일부러 피아노 위에 올려놓았다.

"엄마! 난 피아노가 싫어요. 피아노는 여자들이나 하는 거잖아요. 피아노는 이제 안 할 거예요. 난 야구가 좋아요. 야구하러 나갑니다."

나는 지금 야구 선수가 되지 못했다. 아니, 될 생각도 못 했다. 난 개그맨이 되었다. 무대에서 춤추고 노래하는 게 너무 행복했다. 무대에서 노래하는 내가 피아노까지 칠 수 있었다면 어땠을까?

후회 2

국민학교 6학년 겨울 방학, 돌이킬 수 없는 대수술이 있었다.

멋모르고 엄마를 따라나서지 말았어야 했다.

뭐였는지 지금은 기억도 안 나는 선물의 유혹에 넘어가지 말았어야 했다.

아프다고 싫다고 미루고 미뤄야 했다.

지금에 와서 엄마를 원망하는 것은 바보 같은 일이지만

어머니가 돌아가신 후 알게 된 사실이 엄마를 원망하게 했다.

남자라면 무조건 다 해야 하는 줄 알았던 수술.

그런데……

오히려 수술을 하지 않는 게 좋다는 연구 결과가가 세계 곳곳에서 터져 나오고 있다.

뭐가 좋은지 일일이 나열해서 나의 억울함을 토로하고 싶지만 이 글을 보는 독자가 한정적일 듯해서 여기까지.

그런데……

아들은 수술을 하지 않기로 스스로 결정했다.

아내와 나는 아들의 선택을 존중했다.

아들이 진심으로 부러웠다.

후회 3

오후에 갑자기 아내에게서 전화가 걸려 왔다.

그런 일이 별로 없어서 살짝 걱정되기도 하고 기대도 되고 했다.

"여보세요? 웬일로 전화를 했어? 무슨 일 있어?"

.

"오빠~ 어머니 피자 좋아하셔?"

.

"피자? 안 좋아하실걸? 같이 먹어본 적이 없는데."

.

"아, 그래? 알았어. 어머니 댁에 가고 있는데 피자 시켜 먹으려고 했지."

그러고 보니 어머니랑 같이 피자를 시켜 먹어본 적이 내 기억엔 없었다.

아무래도 밀가루 도우가 있어서 소화가 잘 안 되고 치즈도 느끼해서 싫어하실 게 뻔했다.

일 끝나고 어머니 댁으로 퇴근했다. 문을 열고 들어가니 집 안에서 피자 냄새가 났다.

"박 권사, 저 왔어요. 뭐야, 두 분이 피자 드신 거예요?"

"오빠~ 어머니 피자 좋아하신다는데, 아들이 그것도 몰라? 엄청 많이 드셨어."

"엄마, 피자 좋아했어요? 진짜? 난 왜 몰랐지?"

"네가 언제 물어봤냐? 나 피자 좋아한다."

어머니가 피자를 좋아하신다는 사실을 마흔 살이 돼서 알게 되었다.

결혼하기 전에 어머니랑 둘이 살 때 알았으면 얼마나 좋았을까?

피자 좋아하시느냐고 왜 진즉에 물어보지 않았을까?

바보 같은 자식!

그리고 그 바보 같은 아들은 지금 피자 브랜드 모델이다.

‘하늘까지는 배달이 안 되나?’

진짜 바보 같은 자식!

‘삼국시대’

장모님의 음식 솜씨는 정말 대박이다. 처갓집에 처음으로 인사드리러 갔을 때 상다리가 휘어지게 차려주셨던 음식은 혀가 먼저 깜짝 놀랄 정도로 감동이었다. 가끔 짜거나 싱겁거나 할 수 있지만 결혼하고 지금까지 장모님의 손맛은 변함이 없었다. 장모님이 해주신 음식을 먹으면 나도 모르게 이런 말들이 나온다.

“우와~ 장모님, 국 너무 시원해요.”

“깻잎 짱아찌도 장난 아닌데요?”

“멸치볶음 이거 뭐예요? 진짜 맛나요!”

“너무 맛있으니까 너무 행복하네요. 어머니 감사합니다.”

그러면 장모님은 수줍게 말씀하신다.

“에이~ 김스방, 맨날 똑같은 찬이고 국인데 뭘 그래.”

"그래도 맨날 맛있는 걸 어떡해요."

"김스방이 맛있다고 해주니까 너무 행복하네. 범준이 할아버지는 평생을 한 번도 맛있다고 하시질 않아서 난 내가 음식을 못하는 줄 알고 살았어."

장모님은 표현 안 하시는 장인어른께 결혼 생활 동안 서운한 게 많으셨던 모양이다.

"우리 집은 자네 마누라나 자네 처남이나 표현을 잘 안 해. 아빠를 닮아서 그런가."

"어무니 제가 하잖아요. 장모님 우리 장모님~ 너무너무 맛있어요."

"집에서 마누라가 밥해 줬는데 김스방처럼 이렇게 표현해주면 얼마나 좋을까? 우리 딸 시집 잘 갔네. 부럽네."

장모님의 음식 중 특히 50년 넘게 끓여오신 찌개와 국을 맛보면 바로 감탄사를 내뱉지 않을 수 없다. 혼자 먹기 아까운 맛이라는 생각이 들어서 장모님께 국 전문 식당을 하자고 제안을 한 적이 있다. 식당 이름은 '삼국시대'. 다른 메뉴는 없고 오로지 장모님표 국 세 종류만 파는 식당.

첫 번째 메뉴는 전날 술이라도 한잔했다면 어디서든 그냥 바로 생각나는 시원함의 상징! 속이 그냥 확 풀려버리는 해장의 끝판왕, 잘 익은 김치와 시원한 콩나물의 컬래버레이션, 감칠맛의 여왕인 장모님표 '김칫국'.

두 번째 메뉴는 국물을 한 숟가락 떠먹자마자 뇌가 명령하는 시간을 못 기다리고 이미 밥을 말아버리게 만드는 마성의 맛! 소고기 특유의 담백함과 썰어 넣은 무의 시원함이 장모님의 비법 양념과 환상 조화를 이뤄서 만들어낸 장모님표 '소고깃국'.

마지막 메뉴는 일단 맛을 본 사람들은 엄지를 감출 수 없는 맛. 대파와 고사리 등 각종 채소와 결대로 찢어낸 소고기가 가마솥 안에서 긴 시간 뒤엉켜서 만들어낸 깊고 짙은 국물. 먹는 순간 탄성을 안 지르고는 못 배기는 장모님표 '가마솥 육개장'.

장모님이 언젠가 내 손을 잡아주실지 모르지만 난 일단 식당 이름부터 지어놓고 끊임없이 장모님께 제안을 한다. 훗날 '삼국시대'란 간판이 눈에 띄면 꼭 드셔보시길.

원태연과의 인연

내가 글을 쓰기 시작한 건 원태연 작가 때문이었다.

『넌 가끔가다 내 생각을 하지, 난 가끔가다 딴 생각을 해』.

이 책이 스무 살 갓 넘은, 불붙이면 바로 터져버릴 것 같던 기름 가득한 내 감성에 불씨를 지폈다.

그런 상황에 바로 군에 입대해 버렸으니 눈에 보이는 모든 것이 글감이 됐고 어떤 종이에라도 펜만 있으면 글을 써대기 바빴다.

상병 계급을 달자마자 나름대로 원고를 완성해 원태연이 시집을 냈던 그 출판사로 원고를 보냈더니 제대할 즈음에 내 글을 책으로 출간하고 싶다는 연락이 왔다.

힘든 군 생활을 하는 동안 나에게 위로와 휴식 같았던 글

쓰기는 그 자체만으로도 감사했는데 나에게 이런 행운이 오다니, 제대하는 날만 목이 빠지게 기다렸다.

제대하고 바로 출판사를 찾아갔는데 글쎄 그곳에 원태연이 있었다. 다짜고짜 "작가님 때문에 영향을 받아서 글을 쓰게 됐고, 그래서 여기까지 와서 이렇게 우리가 만나게 됐다"고 하니 "네, 책 나오면 읽어볼게요"라고 시크하게 얘기했던 게 기억난다.

약속이 있어 광화문까지 간다고 했더니 자기 차로 태워다 준다고 하기에 초면임에도 그 차에 올라탔다. 가는 동안 이런 저런 얘기를 하다가 나이를 물어보니 나보다 한 살이 많았다.

당시 내가 기억하는 대화는 이랬다.

"그럼 형이라고 할게요."

"에이~ 요즘 한 살이 형인가?"

"그렇다고 친구 하긴 그렇잖아요."

"그럼 가위바위보해서 내가 지면 친구, 당신이 지면 형, 오케이?"

그날 안타깝게도 내가 져서 태연이 형이 되었다.

지금까지도 진짜 가끔 연락해서 만나고 있지만 만날 때마다 글쓰기에 대한 자극을 많이 주는 형이다.

얼마 전에 태연 형이 전화를 해 왔다. 평소 성격과 안 어울리게 이런 말을 하는 것이다.

"태균아~ 나, 너네 프로그램에 한번 나가자. 형이 난생처음으로 에세이를 내는데, 홍보 좀 하자."

"오호~ 웬일로 이런 부탁을 다 한데?"

"야, 나도 살아야 할 거 아냐."

총각 때는 자존심도 세고 워낙 자기주장이 강했던 형인데, 태연이 형도 가장이었다.

태연이 형 책이 많이 사랑받길 바란다. 진심으로.

내 책도 잘되면 만나서 서로 즐겁긴 할 텐데……. ㅋㅋㅋㅋ 글을 쓰는 이 순간, 그런 상상을 하며 혼자 즐거워한다.

태연이 형~, 내 책 완성되면 추천사 멋들어지게 써줄 거지?

오랜만에 만난 원태연 형

"야! 네 글은 너무 친절해."

"형! 형 글은 너무 불친절해."

5년 남았다

34세에 결혼을 하면서 아내에게 이런 말을 했다.

"나는 45세까지만 열심히 일하고 그 뒤부터는 일은 조금만 하고 놀 거야."

그랬더니 아내가 하는 말.

"무슨 소리야, 오빠? 적어도 55세까지는 미친 듯이 열심히 일해야지."

내 나이 올해 50.

난 오늘도 미친 듯이 일하고 있다.

아내가 옳았다

얼마 전 강부자 선생님께서 노래 한 곡을 홍보하러 라디오에 출연하셨다. 어머니가 살아 계셨다면 딱 강부자 선생님의 연세라 방송하는 내내 어머니를 보는 것 같아서 사이사이에 울컥하는 걸 몇 번씩 참아가며 진행을 했다. 최백호 선생님이 강부자 선생님께 노래를 선물하셨고, 들어보시고는 너무 좋아서 바로 녹음을 결정했다고 한다. 노래 제목은 '나이 더 들면'. 노랫말이 너무 와 닿고 슬퍼서 부를 때마다 눈물이 난다고 말씀하셨다.

"그럼 선생님, 오늘 직접 불러주시나요?"

"아니, 부를 수도 있지만 오늘은 그냥 듣는 걸로 해. 생방송이라 틀리면 안 되잖아. 방송으로 처음 나가는 건데."

"하하, 네. 그럼 바로 노래 들어보겠습니다. 최백호 작사, 최백호 작곡, 강부자 선생님이 부르시는 '나이 더 들면'~."

반주가 바로 시작되고 노래가 나오자 선생님이 따라 부르시기 시작했다.

나이 더 들면 서글플 거야
서산에 노을처럼 서글플 거야
나이 더 들면 외로울 거야
길 잃은 강아지처럼 외로울 거야

선생님은 노래를 따라 부르다가 이내 눈물을 흘리면서도 음악이 끝날 때까지 노래를 멈추시지 않았다.

"이 노래는 들을 때마다 부를 때마다 이렇게 눈물이 난다니까. 아직은 젊어서 몰라. 나이 더 들면 알게 될 거야. 나이가 들면 들수록 시간이 빨리 가. 그렇게 서글플 수가 없어."

"현실적으론 물론 불가능하지만 선생님은 만약에 돌아갈 수 있다면 언제로 돌아가고 싶으세요?"

"난 50~60대로 돌아가고 싶어."

"왜요?"

"그 전까지는 아이들 키우고 집 장만하느라고 너무 정신이 없었는데 50~60대는 바바리에 스카프도 멋지게 하고 낙엽 진 거리를 걸을 수 있는 여유가 생겼으니까. 기력도 지금보다 있었고. 물론 지금도 남편과 그렇게 살고 있지만."

"어? 선생님, 제가 딱 50인데요. 그럼 전 지금 시작이네요?"

"애가 몇 살인데?"

"중 3인데요."

"에이~ 그럼 아직 멀었어. 적어도 5년은 더 있어야 되겠구먼."

순간 소름이 돋았다.

아, 아내가 옳았다. 55세까지는 미친 듯이 일을…….

최재훈

16년 전 라디오를 시작할 때 일주일을 어떤 코너들로 채울까 방송국 놈들과 고민을 많이 했다. 그때 만들어졌던 코너 중 지금까지 유일하게 살아남은 코너가 있다. 매주 수요일 오후 3시부터 4시까지 찾아가는 '사연진품명품'.

컬투쇼의 상징인 '사연진품명품'을 16년 동안 한결같이 지켜온 고마운 사람이 가수 최재훈이다. 1994년에 데뷔한 록 발라드의 전설, 아는 사람은 다 아는 히트곡도 많다. '잊을 수 없는 너', '널 보낸 후에', '우울증', '비의 랩소디', '떠나는 사람을 위해'. 애절한 목소리와 특히 고음이 매력적인 뮤지션인 그가, 개그맨도 아닌 가수가 재밌는 사연을 소개하는 코너를 16년이나 계속해 오고 있다는 사실은 상당히 이채롭다.

재훈이와 나는 데뷔 연도도 같고 출생 연도도 같은 동갑내기다. 그 전에는 모르는 사이였지만 컬투쇼를 함께하면서 지금은 방송 말고도 개인적으로 만나서 밥도 먹고 술도 한잔하는 편한 친구 사이가 됐다. 나이 들면 만나기 힘든 동갑내기 절친을 라디오가 만들어준 셈이다. 16년째 일주일에 한 번은 무조건 봐야 하는 친구여서 다른 친구들보다 훨씬 자주 보는 편이다. 그래서인지 라디오 일주일 중에 수요일이 제일 부담 없고 편안하게 기다려진다.

얼마 전에 재훈이와 통화하다가 갑자기 전화 인터뷰처럼 돼버린 적이 있다. 아마도 이 책에 재훈이 얘기를 언급하고 싶었던 내 의도가 갑자기 입 밖으로 나왔던 것 같다.

"뜬금없는 질문인데 넌 컬투쇼가 왜 잘되고 있다고 생각해?"

"어? 갑자기?"

그러다 별 주저함 없이 바로 말을 이어갔다.

"어~ 처음에는 잘 몰랐던 건데, 이 방송은 분명 방송인데 방송 같지가 않다는 걸 느꼈어. 특유의 편안함, 자연스러움, 뭐 그런 느낌? 그래서 잘된 게 아닐까?"

친구가 얘기를 하다 보니 괜히 귀를 더 열게 되고 추임새만 넣으면서 얘기에 집중했다.

"방송이란 게 그렇잖아. 틀이 정해져 있고 그 틀 안에서 자유롭게 놀기를 바라는 게 제작하는 방송국 놈들의 마음인데 그게 어디 쉽나? 근데 컬투쇼는 기존 라디오 방송의 틀을 깼잖아. 굳이 정해진 틀을 얘기하자면 방송 시간이 2시간이란 게 다일 정도로 자유로운 방송. 나도 옆에서 네가 진행하는 거 보고 있으면 이래도 되나 싶을 때가 많거든. 그런 파격적인 걸 인정하고 뒷받침한 방송국 놈들도 대단한 거고. 그런 방송을 듣는 쇼단원들도 속이 시원하고 재미있을 수밖에 없지 않을까?"

갑작스러웠지만 물어보길 잘했다는 생각이 들었다. 그런 김에 하나 더.

"그럼 재훈이 네가 보기에 16년 동안 봐온 난 어떤 사람 같아?"

"넌 그냥 방송이나 평소나 똑같은 사람? 그냥 솔직하고 가식이 없는 사람이지. 그러니까 생방송이어도 하고 싶은 말 편안하게 다 하잖아. 나랑 전화 통화할 때나 만날 때도 다를 게 없어. 그러니까 나도 옆에서 더 부담 없이 함께할 수 있는 거고. 솔직히 넌 방송에서 욕만 빼고 다 하잖아."

사실 방송 초반에는 이런 말 저런 말 조심하려고 신경도 많이 쓰고, 지적도 많이 받았는데 시간이 지나면서 생방송이란 틀에 나의 뇌도 익숙해졌는지 이 방송이 녹음인지 생방인지 잊고 진행할 때가 많아졌다.

"그나저나 우리 방송에서 말고 본 지 꽤 됐네?! 곧 보자고."

"일단 다음 주 수요일 방송에서 보고 얘기하자고. 오늘 통화 고마워~."

그리고 벌써 두 달이 흘러갔고 우리는 방송에서만 여덟 번을 더 만났다. 방송 끝나고 진심이지만 영혼은 없는 듯 인사를 건넨다.

"언제 소주 한잔해야지?!"

"어 좋지! 전화하자고."

언니의 위로

한번은 생방송 중에 여성 청취자와 전화 연결이 됐다. 외국에 이민 간 지 꽤 됐는데도 잘 적응이 안 돼서 많이 외롭고 힘들지만 컬투쇼가 있어서 나름 잘 버티고 있다는 내용이었다. 그렇게 전화 통화를 마무리하려고 했는데 갑자기 그녀가 물었다.

"근데요. 마지막으로 부탁이 하나 있는데요. 들어주실 수 있겠어요?"

"네? 네, 말씀해 보세요. 뭔데요?"

"제가 외동으로 자라서 언니가 없거든요. 언니라도 있었으면 이런저런 하소연을 언니한테 하면 위로가 됐을 텐데……."

"그렇죠. 그래서요?"

"태균 씨가 제 언니 역할을 해주시면 안 될까요? 그 여자 목소리로."

"네? 네, 그럴게요."

"제 이름이 수진이거든요. 부탁해요."

"네, 그럼 시작할게요. (나이가 있는 여자 목소리로) 수진아, 언니야~."

그랬더니 "언니야~" 말이 떨어지기가 무섭게 수화기 너머로 수진 씨가 이미 울고 있었다.

"흐흐흑 흐흐흑 언니~."

말을 잇지 못하고 계속 흐느끼기만 했다.

"수진아~ 그동안 많이 힘들었지? 언니가 전화도 자주 못하고 미안해."

그러자 수진 씨는 아예 오열을 해버렸다.

"엉~ 흐으엉 언니~ 언니~ 나 잘하고 있는 건지 모르겠어. 언니~."

"그럼 잘하고 있지. 우리 수진이는, 한국에서 사는 것도 힘든데 외국에서 잘 버티고 있잖아. 얼마나 대견해."

"고마워~. 언니 목소리 들으니까 너무 위안이 된다."

생방송 시간 때문에 더 이상 통화를 하지 못하고 마무리해야 했다.

"저기요, 수진 씨 좀 위로가 되셨어요?"

"너무 고마워요, 태균 씨. 답답한 가슴이 싹 씻겨 내려간 거 같아요. 내일도 기다릴게요."

별로 한 일도 없는데 위로를 받았다니 내가 다 고마운 마음이 들었는데 그 순간 문자 게시판도 폭풍 공감 문자들로 난리가 났다. 구구절절 사연을 다 알아야 위로를 해줄 수 있는 건 아니었다. 갑작스런 상황극이었지만 내가 외려 위로를 받은 듯했다.

방청객 1

어느 날은 방송 끝나고 방청객들이랑 기념사진을 찍는데 한 아주머니께서 나에게 말을 걸었다.

"태균 씨 너무 고마워요."

"네? 뭐가요?"

"내가 한동안 우울증이 너무 심해서 안 좋은 생각도 했었거든요. 그래서 정신과에 치료를 받으러 갔는데 의사 선생님께서 이 방송을 한번 들어보라고 하셨어요. 그 전까지는 이런 방송이 있는지 몰랐거든요. 근데요, 이 방송을 듣고 나서부터 아주 좋아졌어요."

"정말 다행이네요. 진짜~."

"그래서 현장에 너무 와보고 싶었고요. 고맙다고 인사도 하고 싶었어요. 어쩜 그렇게 재밌어요? 너무 잘해, 진짜."

함께 사진을 찍고 힘내시라고 한 번 꼬~옥 안아드렸다.

"오후 2시만 되길 매일 기다려요."

"감사합니다."

너무 뿌듯했다.

방청객 2

컬투쇼에서 읽어주는 사연은 재밌는 내용이 대부분인데 한번은 한 남자의 진심을 담은 애절한 사연을 소개한 적이 있다. 이혼한 지 8년이 된 남자의 사연이었다. 그것도 손으로 직접 쓴 손 편지였다. 결혼 생활 내내 자신으로 인해 받은 상처 때문에 너무 힘들었을 아내에게 사죄하고 혼자 살아보니 가족의 소중함을 너무 절실하게 느끼고 있으니 아이들과 아내에게 다시 한번 잘할 수 있는 기회를 줄 수 있겠느냐는 절절한 내용이었다. 그의 편지는 이렇게 끝난다.

"당신이 컬투쇼 좋아했잖아. 편지를 집으로 보내면 안 볼 수도 있을 것 같아서 여기다 보내. 꼭 들었으면 좋겠다."

그리고 마지막 줄.

"추신: 신청곡은 아내가 좋아하는 컬투의 '사랑한다 사랑해' 부탁합니다."

사연을 읽고 노래를 틀었다. 그런데 정말 기적같이 그 방송을 아내분이 듣고 있었고 아내분의 마음이 움직였는지 두 분은 8년 만에 재혼을 했다. 그리고 몇 개월 후에 온 가족이 함께 행복한 모습으로 방청을 하러 왔고 감사하다며 선물까지 잔뜩 주고 가셨다.

"컬투쇼가 우리 가족에겐 얼마나 소중한지 몰라요. 오래오래 해주세요."

누구나 살다 보면 겪게 되는 별의별 사연들이 많다. 내가 평생을 살아도 경험해 보지 못할 사연들을 컬투쇼를 통해 경험하게 된다.

나를 듣는 내 절친들

라디오는 내가 먼저 찾아가야 만날 수 있다. 처음이 어렵지 한 번 만나면 또 만나고 싶어지는 매력도 있다. 예전엔 목소리만 들을 수 있었지만 이제 세상이 좋아져서 화면으로도 볼 수 있다. 컬투쇼처럼 화면뿐 아니라 대면으로도 만날 수 있는 신박한 라디오도 있다.

유독 컬투 라디오를 애타게 기다리는 나의 절친들이 있다. 찐으로 듣는 나의 절친이자 베프는 바로 시각장애인 친구들! 오로지 듣는 것에만 집중하는 친구들이기 때문에 현장에서 함께하는 방청객들의 반응 소리가 바로 옆에서 들리니까 더 좋아서 행복해하는 게 고스란히 느껴졌다.

방송이 끝나고 사진을 찍기 위해 그 친구들을 만나면 꼭 이런 부탁을 한다.

"손 한 번만 잡아보고 싶어요."

"얼굴 한번 만져보면 안 돼요? 김태균 씨 어떻게 생겼는지 너무 궁금했어요."

"머리 한번 만져보고 싶어요. 진짜 머리가 그렇게 커요?"

"한 번만 안아보고 싶어요. 매일 들으니까 친구 같아서요. 친구 한번 안아보고 싶어서요."

손이건 얼굴이건 포옹이건 기꺼이 친구들이 원하는 대로 나를 느끼게 해준다. 함께 찍은 사진은 못 보겠지만 느낌으로라도 사진을 찍어 가고 상상으로 간직하는 것이다. 그 친구들은 과연 나를 어떻게 생긴 걸로 상상할까? 돌아가는 친구들에게 농담을 던지곤 한다.

"나 되게 잘생겼어요. ㅋㅋ 잘 가요~."

언제부턴가 일주일에 한두 번쯤은 꼭 한두 명씩 방청을 왔던 친구들, 매일 두 시간 동안 나를 듣는 나의 절친들이 보고 싶다. 코로나19가 물러가고 하루빨리 친구들이 내 눈앞에서 방청하는 모습을 보고 싶다.

Epilogue

최선을 다해서 행복하세요

마지막 원고까지 넘기고 나니 이제 진짜 끝났다는 해방감에 신나서 소주를 들이붓고 있었다.

분명히 프롤로그까지만 쓰면 글 쓰는 작업은 완전히 끝나는 거라고, 에필로그는 안 넣어도 된다는 얘기를 들었기에 홀가분한 마음으로 소주잔을 털어 넣는 순간, 출판사 대표에게서 전화가 왔다.

"원고를 다시 쭉 읽어봤는데요. 마지막 글이 너무 그냥 뚝 끝나버리는 것 같네요. 독자들이 당황스러울 것 같아요. 짧게라도 에필로그가 있었으면 해요. 죄송해요~ 작가님."

갑자기 술맛이 떨어지려고 하다가 '작가님'이란 말에 괜히 기분 좋아져서 다시 노트북을 열었다.

책이 출간되기 전 마지막이라 생각하고 처음부터 다시 읽어보았다. 직업이 개그맨인 것 말고는 특별할 것도 없는, 그냥 평범한 50세 아저씨의 살아온 얘기가 사람들의 공감을 얻을 수 있을까?

써 내려가는 내내 글을 읽게 될 독자의 마음보다는 나에게만 집중했던 게 사실이다. 나를 돌아보고 나를 위로하고 나와 친해지자는 마음에서 썼다. 민망해도, 어설프고 모자란 나를 세상에 툭 던져보고 싶었다. 온전한 나를 고백하고 싶었다.

쓰면서도 자꾸만 타협하려 드는 마음과 있는 그대로의 솔직한 나를 털어놓고 싶은 마음 사이에서 갈등이 많았다. 그런 갈등의 순간들을 거쳐 한 권의 책이 완성되었다.

남들은 아무 관심도 없는 나만의 치부를 혼자서 꾹 움켜쥐고 있다가 드디어 시원하게 던져버린 느낌이다. 늘 곁에 있었지만 다른 곳에서만 찾아 헤매던 진정한 내 편을 찾은 느낌이다.

제삼자의 시선으로 다시 읽고 나서야 이 책을 읽을 독자들이 떠오른다. 나는 늘 이렇게 한 발짝 늦다. 아, 누군가 읽어주어야 내가 진짜 작가가 되는 거였지! 독자들도 이 책을 선택한 것에 대해 후회가 없어야 할 텐데, 새삼 걱정이 앞선다.

바람이 있다면 누군가 이 책을 읽고 나서 권하고 싶은 사람이 생각나기를. 내가 권하고 싶은 사람 1순위는, 이 시대의 가장들이다. 한창 열심히 일할 나이, 가족에 대한 책임감으로 어깨가 무거운 사람들. 짐을 지고 살아가느라 자기 자신을 돌아보는 일조차 사치스럽게 여기는 많은 분들에게 나의 이야기가 조금이나마 위로와 휴식이 되길 바란다.

쓰는 내내 정말 행복했습니다.

여러분, 너무 다 잘하려고 애쓰지 마세요. 지금도 충분히 잘하고 있으니까요. 소중한 것들을 늘 가까이에서 찾으시기를! 무엇보다 나 자신을 챙기시기를!

글로 전하는 클로징 멘트입니다.

"소중한 오늘, 지금, 내일로 미루지 말고 남은 하루 최선을 다해서 행복하세요."

작가 김태균

이제 그냥 즐기려고요

초판 1쇄 발행 2021년 10월 26일
초판 15쇄 발행 2024년 10월 19일

지은이 김태균
펴낸이 안지선

편집 배수은
디자인 석윤이
표지 일러스트 슬로우어스
교정 신정진
마케팅 타인의취향 김경민 김나영 윤여준
경영지원 강미연

펴낸곳 (주)몽스북
출판등록 2018년 10월 22일 제2018-000212호
주소 서울시 강남구 학동로4길15 724
이메일 monsbook33@gmail.com

ISBN 979-11-91401-08-0 03810

mons (주)몽스북은 생활 철학, 미식, 환경, 디자인, 리빙 등 일상의 의미와 라이프스타일의 가치를 담은 창작물을 소개합니다.